Н.С. ЛЕСКОВ

ИЗБРАННОЕ

レスコフ作品集 2

Н.С. Лесков

中村喜和・岩浅武久 訳

群像社

目次

ニコライ・レスコフ

髪《かみ》結《ゆ》いの芸術家

レスコフ作品集2

アレクサンドライト――神秘主義の光に照らされた自然界の事実――

私たちはみな世界の神秘に囲まれており、誰もが神秘主義の傾向をもつ。ある人びとは特定の気分になるとき、多くの人びとが生活の渦に揉まれて何の疑問も持たないところに、隠された秘密を見出す。木の葉の一枚一枚、結晶の一粒一粒が、私たち自身のなかに秘密の工房があることを思い出させてくれる。

N・ピロゴフ[*1]

第一章

ある風変わりな結晶について、少しお話しさせていただこう。結晶はロシアの山中の奥深くで発見されたが、その発見は、今は亡きアレクサンドル・ニコラーエヴィチ帝[*2]の思い出に関わりをもつ。

*1　ニコライ・イワーノヴィチ・ピロゴフ（一八一〇―一八八一）。ロシアの外科医、解剖学者、自然研究者、教育学者。

*2　アレクサンドル二世（在位一八五五―一八八一）。農奴解放令、地方制度、司法制度の改革など、いわゆる「大改革」を行ったが、その後の政策転換やポーランド反乱の残酷な鎮圧などへの不満がロシア内外に高まり、幾度も命を狙われたのち、ついに暗殺された。

皇帝の名にちなんで《アレクサンドライト》と命名された美しい暗緑色の宝石のことである。
鉱石にその名がつけられたのは、これが発見されたのが一八三四年四月十七日、つまりのちに皇帝アレクサンドル二世となられる皇太子のご成人の日だったからである。アレクサンドライトの産地はウラル地方のエメラルド鉱山で、エカテリンブルグから八五露里[*1]離れた地点、ボリシャヤ・レフチ河に注ぐトコヴァヤ川沿いにあった。《アレクサンドライト》と命名したのはフィンランドの著名な鉱物学者ノルデンショルド[*2]である。氏がこの鉱石を発見したのは、故アレクサンドル二世帝のご成人の日だった。命名の由来はいま述べただけで十分であり、その他の理由を探すことはあるまいと私は思う。

ノルデンショルドが初めて発見した結晶に《アレクサンドライト（アレクサンドル石）》と命名して以来、今日にいたるまでそう呼ばれている。その特性についてはつぎのことが知られている。

《アレクサンドライト（Alexandrit, Chrysoberyl Cymaphone）は、ウラルの金緑石《クリソベリル》の一変種の貴鉱石である。暗緑色で、暗色エメラルドの色にかなり似ている。この石は人工照明の下では緑の色調を失い、暗赤色に変わる。》

《最高級のアレクサンドライトの結晶はクラスノボロツキイ採掘場[*3]の深さ三サージェン（約六・四メートル）のところから見つかった。アレクサンドライトの原石は非常に珍しく、非の打ちどころのない良質の結晶はきわめて稀少で、その重さは一カラットを越えることがない。[†]そのためアレクサンドライトが市場に出ることはめったにない。それどころか、この宝石のことは噂で聞いて知っているだ

けという宝石商もいるくらいである。これはアレクサンドル二世の石と見なされている。》

この情報は、『宝石、その特性、産地、活用』という書名で一八七七年にサンクトペテルブルグの鉱物学協会から出版されたミハイル・イワーノヴィチ・プィリャーエフ[*4]の本から抜き書きしたものだ。

アレクサンドライトの産地に関するプィリャーエフ氏の著作からの抜き書きに加えて、この鉱石の稀少性が以下の二つの理由によって、さらに高まったことをつけ加えておかねばならない。（一）アレクサンドライトが出現した場所では、もはやエメラルドを探索しても無駄だというのが鉱石探索者の定説になっていたこと、（二）アレクサンドル二世石の最高級品が発見された鉱区が川の決壊により水に覆われてしまったことである。

こんな風に、ロシアの宝石商のところでアレクサンドライトに出合えることはきわめて稀であり、

---

†原注　一カラットはイナゴマメの種子一粒の重さ、つまり約四グレーン（約〇・二四八グラム）とされている。

＊1　約九一キロ。一露里（ヴェルスタ）は一・〇六七キロ。

＊2　ニルス・グスタフ・ノルデンショルド（一七九二―一八六六）はフィンランドの鉱物学者。その息子アドルフ・エリク・ノルデンショルド（一八三二―一九〇一）は蒸気船ヴェガ号で北極海・北東航路を初めて走破し、日本にも来たことがある。

＊3　一八三九年、ウラルのエメラルドの産地として知られていたクラスノエ・ボロトの採掘場。アレクサンドライト発見後、ここではアレクサンドライトの採掘が中心になった。

＊4　ミハイル・イワーノヴィチ・プィリャーエフ（一八四二―一八九九）。ロシアの作家、評論家。『古きペテルブルグ』、『古きモスクワ』ほかの著作があり、レスコフとも交友関係があった。

外国の宝石商や研磨師にいたっては、M・I・プィリャーエフの言うように、《この石のことは噂で知っているだけ》なのである。

第二章

今の時代の多くの人びとは、亡き陛下のご治世で暖かい春の日々を過ごした。人びとは、皇帝の悲劇的で痛ましいご逝去のあと、人間社会で広く一般的になった習慣にしたがい、大切な故人を偲ぶ何か《記念になる品》を持ちたいと願った。こうして亡き皇帝を崇拝する人びとは多種多様な品を選んだが、主にいつも身に付けていられる品を選ぶのだった。

ある者は亡き皇帝の小さな肖像画を手に入れて、財布や時計付きロケットの中に入れ、ある者は、その大切な品に皇帝の生没年月日を刻んだ。さらにはこうした類の品を自分でこしらえる者もいたが、資金が潤沢にあって好機に恵まれた少数の者は、アレクサンドル二世石の原石を手に入れた。記念の品を持ち歩いて手放すことがないようにと、原石を細工して指輪に仕上げたりした。

アレクサンドライトの指輪は最も好まれていた上にきわめて珍しい品であり、おそらくは際立って特徴のある記念の品だったので、指輪を手に入れた者は、もうそれを手放そうとはしなかった。

しかしアレクサンドライトの指輪は決して多くはなかった。プィリャーエフ氏の本で正しく述べられているように、アレクサンドライトの良質の原石は稀少で高価だったからである。だから最初のうちは、アレクサンドライトを探すため途方もない努力と莫大な資金を投入しても見つけることができないという人たちがしばしばいた。この石の需要があまりにも高まり、アレクサンドライトの偽造を試みる者さえあらわれたようだが、この特異な石を偽造することは不可能だった。《アレクサンドル二世石》には二色性、つまり光によって変色する性質があったので、偽造はすべて発覚してしまうのだった。アレクサンドライトは昼の光のもとでは緑色だが、夜の明かりのもとでは赤くなることをもう一度思い出していただきたい。

どんな人工の化合物によってもその性質を作り出すことはできない。

第三章

アレクサンドル二世の治世をやはり忘れ難く思うある人物が持っていたアレクサンドライトの指輪が私の手に入った。

私は、持主が亡くなったあとで購入するというごく一般的な方法でその品を手に入れた。指輪は市場の商人の手を経て入手したのだ。私にぴったりのサイズで、指に嵌めたあと、ずっとそのままでいる。

指輪はかなり趣向を凝らして理念をこめたシンボリカルな造りだった。つまり指輪には故アレクサンドル二世帝の石がひとつあるだけでなく、両側に二粒の正真正銘のダイヤがあしらわれていた。

それはまぎれもなく、過ぎし治世の輝かしい二つの事業を表しているのだ。一つは農奴解放、もう一つは古い《暗黒の虚偽》に代わる、改善された裁判制度の制定である。

深い色合いの見事なアレクサンドライトは一カラットを少し下回るもので、ダイヤはいずれも○・五カラットだった。これまた明らかに、二つの事業を表すダイヤが、それを実現した高貴な先帝の玉顔を思い出させるべき、つつましい中石《なかいし》を被い隠すことがないようにとの配慮によるものだ。石は三つとも彫りのない純金に嵌めこまれ、英国人の仕事に多い派手さや飾り気がなく、大切な思い出であっても《金《かね》の匂いがしない》ように作られていた。

第四章

一八八四年の夏、チェコに行く機会があった。さまざまな芸術分野に夢中になってしまいがちな落ち着きのない私は、チェコの土地の貴金属細工や研磨作業に少々興味を覚えた。

チェコの地に色石《カラーストーン》は少なくないが、みなあまり価値のないもので、概してセイロンやわがシベリアの石に比べてはるかに劣るものだ。ただ一つの例外はチェコの紅柘榴石（パイロープ）、*すなわちメロニツの《乾燥原野》で採掘される《火炎の柘榴石《ざくろいし》》である。それ以上に品質のすぐれた柘榴石はどこにもない。

かつてわが国でも紅柘榴石《パイロープ》が尊ばれ、昔は高い評価を受けていたが、今ではロシアのどの宝石商をたずねても、チェコ産の良質で大きなサイズの紅柘榴石《パイロープ》は見つからない。宝石商の多くは、そもそも紅柘榴石《パイロープ》が何であるかも知らない。現在わが国では、安物の宝石のなかにチロルのくすんだ暗色の柘榴石とか《薄色の柘榴石》を見かけることはあるが、メロニツの《乾燥原野》で採取される大ぶりの火炎の紅柘榴石《パイロープ》に出合うことはない。昔の深い色合いをもつ良質の美しい紅柘榴石《パイロープ》は、その大部分が精緻なクロス・ローズ型にカットされていたが、すべて二束三文で外国人に買われて国外に持ち出されてしまった。また新たにチェコで見つかる良質の紅柘榴石《パイロープ》は、すぐに英国や米国に送られてしまう。その国々の嗜好がより安定しており、英国人は、石に閉じ込められた神秘的な炎（《血中の火》）が燃えるこの美しい石を大層好み、高く評価する。もっとも英国人や米国人は概して、例えば紅柘榴石《パイロープ》とか、どんな照明の下でも決まって月の光を放つ《月長石《ムーンストーン》》のような、特徴のある石を好むものだ。『礼儀作法便覧』という、小型だがとても有益な彼らの冊子には、これらの石が本物の紳士の趣味にかなう品として例示されているほどである。この冊子でダイヤは、《金《かね》のある者は誰でも持つことができる》と書かれている。この点、ロシアでは見方がちがう。驚くべき色彩の石のもつシンボル性も美しさも謎めいたさまも今のわが国では尊重されず、《金の匂い》を隠そうともしない。逆にわが国で評価されるのは《質草になる》ものだけである。こんなわけで、いわば選り

＊紅柘榴石（パイロープ）は柘榴石（ガーネット）群の鉱物で、その成分に苦土と礬（ばん）土が含まれることから、日本名は一般に苦礬（くばん）柘榴石という。パイロープという名称は「炎のように燃える赤」を意味するギリシャ語に由来する。

抜きの石はわが国には入って来ず、わが国の宝石マニアにはそれらは知られていない。素晴らしい火炎の柘榴石がオーストリアの王冠を飾る最高の宝石の一つとされ、すさまじく高価だということなど、ロシア人にしてみれば、あり得ない不思議なことと思われるかもしれない。

第五章

ところで私は国を出る際に、ペテルブルグのある友人から、チェコでしか見つからないような最高級の柘榴石を二つばかりボヘミアから持ってきてほしいという依頼を受けていた。

私はかなりの大きさの美しい色の石を二粒見つけ出した。しかし残念なことに、色合いのより美しい方の石の研磨がひどく不完全で粗雑なため、石が台無しになっていた。石はブリリアント・カットだったが、上面がどこか不細工で直線的にカットされており、そのため石には深みも輝きもなかった。

しかし石選びの指南役だったチェコ人は、その柘榴石を買いなさい、あとでそれをヴェンツェリという、現地で有名な研磨師にカットし直してもらえばよいと勧めてくれた。彼はその研磨師のことをカットの名人と呼び、さらにかなり風変りな人間だと言った

「あれは芸術家ですな、職人じゃありませんよ」とチェコ人の指南役は言い、ヴェンツェリ老人はカバラ派*の神秘主義者であり、同時に幾分激情型の詩人で、大変な迷信家だが、ひどく風変わりな、

時にはきわめて興味ぶかい人間だと言った。

「あの男と知り合いになっても無駄じゃありませんよ」と彼は言った。「ヴェンツェリ爺さんにとって、石は魂をもたない物体ではなく魂をもつ生きものなんです。爺さんは石の中に山の魂の秘かな生命の照り返しを感じ取る。そして、笑わないでくださいよ、山の魂を携えて、石をとおして何か神秘的な交わりに入り込む。自分が受けた啓示の話をしてくれることがあるが、その言葉を聞くと大抵の人は、この可哀想な老人の頭蓋の中味はもうどこかまともでないと思ってしまう。ひどい年寄りで、気まぐれな奴です。今は自分で仕事を引き受けることはまれで、二人の息子がやっていますが、彼に頼んでみて、もし彼が石を気に入ったら、自分でやるでしょう。あの男が引き受けてくれたら、素晴らしい成果を得られますよ。なにしろヴェンツェリは、繰り返して言いますが、仕事にかけては並はずれた名人である上に、神の啓示を受けた芸術家なんですから。彼とは以前からの知り合いで、エドリーチケの店でよくビールを飲みます。彼に頼んでみましょう、カットをやり直してくれるといいですね。そしたらあなたは、ご自分の依頼人の望みどおりの買物をしたことになりますよ」

私はその言葉にしたがって柘榴石を買い、私たちはさっそくヴェンツェリ老人のもとへ向かった。

＊ユダヤ教の伝統に基づき、独自の宇宙観をもつ神秘主義者の集団。

第六章

老人は、歴史的に名の知れたユダヤ教会《シナゴーグ》に近いユダヤ人集落の、暗くて細い、狭苦しく家が立ち並ぶ通りの一つに住んでいた。

研磨師は背の高い、少し猫背の痩せた老人で、真っ白な長髪と敏捷に動く茶色の目をしていた。眼差しは高い集中力と、尊大にふるまう狂気に取りつかれた病人に見られるような気配を漂わせていた。背の曲った彼は頭をぐいともたげて、まるで王様のようだった。俳優がヴェンツェリをよく観察すれば、見事にリヤ王役を演じることができるだろう。

ヴェンツェリは私が買い求めた紅柘榴石《パイロープ》をじっくりと見て肯いた。老人の動作とその表情から、彼が石を良質と判断したのは確かだと思われた。だがそれだけではない。私たちはもっぱら紅柘榴石《パイロープ》を問題にしていたのだが、ヴェンツェリ老人の動きを見て、私の目は最初の瞬間から研磨師その人に釘づけになった。

彼は長い時間ずっと石を見つめていたが、歯のない口をもぐもぐさせると、よしと肯いてみせた。それから紅柘榴石《パイロープ》を二本の指でつまみ、鋭い視線で私の目を真っ直ぐに見つめ、まるでクルミの青い外皮を食べたかのように幾度も顔をしかめて、とつぜん宣言した。

「そう、これはあいつじゃ」

「いい紅柘榴石《パイロープ》ですか？」

ヴェンツェリはそれには直接答えずに、この石のことは《ずっと前から知っておる》とつぶやいた。

私はまさしくリヤ王の前に立つ気分になって、こう応じた。

「これが手に入ったことは無上の幸せに存じます、ヴェンツェリさん」

老人は私の丁重な態度が気に入り、長椅子の席を指し示したあと、自分から私に近づいてきて、両膝を私の膝に押しつけ、話し始めた。

「この石とは古い知り合いだ……。こいつがまだ故郷のメロニツの乾燥原野にいる頃にこいつに会っておる。こいつはその頃、この世に生まれ出てきたばかりの素朴な姿だったが、わしはこいつに気づいていた……。だがこいつがひどい運命に出合うことなど誰が予想できたろう？　ああ、あんたもこいつを見れば、山の魂は予知能力と鋭い眼力を持っていることがわかる！　これを買ったのはシュワーベンの悪党野郎で、＊これをシュワーベン人に研磨させた。シュワーベン人は石みたいに無情な人間だから、石をうまく売り捌《さば》くことはできるが、研磨はできない。シュワーベン人は暴力的で、何でも自己流にやりたがる。石がどうなりたいのか、石の思いを訊ねることもせん。それにチェコの紅柘榴石《パイロープ》は誇り高い石だから、シュワーベン人などに返事はしない。そうとも、シュワーベン人とは話し合おうともしない。そう、紅柘榴石《パイロープ》とチェコ人は心がひとつだ。シュワーベン人が

＊シュワーベンはドイツ南西部の地方。「シュワーベン人」は田舎者の代名詞のように使われた歴史があり、チェコにおける長年のドイツ系支配への反感がヴェンツェリ老人のこんな表現になったのだろう。

紅柘榴石《パイロープ》を研磨しても、自分の頭に浮かぶ研磨なんてやれっこない。あんたが見てわかるように

（私は何もわからなかった）、連中はこいつをクロスローズ・カットにしようとしたが、こいつは連中の思うままにはならなかった。そうだとも、こいつは紅柘榴石《パイロープ》なんだ！　こいつは一計を案じて、シュワーベン人には首を刎《は》ねさせた方がましだと思った。そこで連中はこいつの首を刎ねたのさ」

「そんな」私は話をさえぎって言った。「つまり石は死んでしまった」

「死んでしまっただと！　どうしてまた？」

「ご自分でおっしゃったじゃありませんか。首を刎ねられたと」

ヴェンツェリ爺さんは憐れむような笑みを浮かべて言った。

「首を刎ねられたと言っても、失ったのは頭だ！　たしかに頭は大事なものよ、旦那。だが魂は……魂は頭よりもっと大事だ。チェコの石は散々首を刎ねられたが、みんな生きておる。こいつは野蛮人の手に落ちても、できることをみなやったんだ。シュワーベン人があんなろくでもない扱いをしたら、動物でも真珠でも、いま流行《はやり》の《猫目石《キャッツアイ》》でも、みんな駄目にしてしまう。こしらえられるのは品のないボタンくらいだろう、そんなものは捨てるほかあるまい。だがチェコの石はちがう、シュワーベンの臼にやすやすと挽きつぶされたりなどするものか！　紅柘榴石《パイロープ》には不屈の血が流れておる……こいつは、自分がどうすべきか知っていた。こいつは、シュワーベン人に牛耳られているチェコ人みたいに、首は差し出したが、自分の火は心の中に隠したのさ……。そうとも、旦那、そうですとも！　旦那には火が見えませんか？　見えないんですね！　でもわしには見える。ほら、

チェコの山の消えることのない鮮やかな火が……。こいつは生きていて、旦那には悪いが、旦那を笑ってるんでさあ」

ヴェンツェリ老人は自分でも笑い出し、首を振った。

第七章

私の石を手に持つこの老人の前に立ちながら、意表をつくようなわかりにくい話にどう応じてよいのか、まったくわからずにいた。すると彼は私の困惑を察したらしく、私の手を取り、もう片方の手に持ったピンセットの先で紅柘榴石《パイロープ》をつかみ、顔の前に持ち上げて、声を高めて言い続けた。

「こいつはチェコの公爵、メロニツの原初の騎士なのさ！　こいつは無知の輩《やから》から逃げるすべを知っていて、連中の目の前では煤だらけの煙突掃除人に姿を変えた。そうとも、わしは見ておった、ユダヤの仲買人がこいつをポケットに入れて持ち運び、こいつを見たあとで他の石を選んでおった。[†]だがこいつが原初の火で燃えていたのは、仲買人の革袋の中で出来そこないの石たちと馴れ合って

†原注　長い時間、同じ種類の色石（カラーストーン）をいくつも見ていると《視覚が鈍り》、良い石と悪い石の見分けがつかなくなる。見分ける力を回復するため、石の買付人たちは基準石、つまり色の価値を自分でよく知る石を携帯している。その石と他の石を見比べることによって、石の色のちがいがすぐに分かり、石の価値を正確に判断することができる。

いるためじゃない。煙突掃除人のなりで歩きまわるのにうんざりして、それで晴れやかな衣装を求めてわしのところに来たんだ。おお！　わしらは互いに分かり合っており、メロニツの山の王子は王子の姿になるだろう。旦那、こいつをわしのもとに置いていきなさい。わしはこいつと少し一緒に暮らして相談し合う。そしたら王子はちゃんと王子になりますよ」

ヴェンツェリはそう言って、私に向かってかなりぞんざいに肯いてみせ、さらにぞんざいな仕種で原初の騎士を、見た目にはそっくりの柘榴石がいくつかころがっている、蝿の糞でひどく汚れた皿に放り投げた。

私はそれが気に入らず、私の紅柘榴石《パイロープ》が出来の悪い他の石と見分けがつかなくなりはしないかと本気で心配したほどだった。

ヴェンツェリはそれに気づいて、額に皺を寄せた。

「お待ちなさい！」と彼は言い、皿の上の柘榴石をかきまぜて、不意にそれをそっくり私の帽子の中に放り込み、そのあと帽子を揺すると、中を見もしないで帽子に手をつっこんで、瞬時に《煙突掃除人》を取り出した。

「これを百回やってみせましょうかい、それとも一度で十分ですかな？」

彼は石の比重を感じ取り、石を見分けていたのだ。

「一度で十分です」と私は答えた。

ヴェンツェリはまたその石を皿に放り込み、さらに尊大に肯いてみせた。

こうして私たちは別れた。

第八章

老研磨師の話も、その姿も、すべてがあまりに奇抜で風変わりだったので、彼が正常な人間だとは考えにくかった。ともかく彼には北欧英雄譚《サガ》の雰囲気が漂っていた。

「もし遠い昔に、美しいルビーに目がないイワン雷帝のような人間が、これほど石を知りつくした変わり者に出会っていたら！　この男と心ゆくまで話し込んだだろうし、ひょっとしたら雷帝は最強の熊を彼にけしかけたかもしれない」と私には思われた。「ヴェンツェリは今ではもう季節おくれの鳥、時機を逸した切り札だ。どこの質屋にも通人はおり、おそらく彼らは、少なくとも彼が通人たちを見るのと同じくらいの軽蔑の目で彼を見るにちがいない。たかが二十ルーブルの石のことで、大層な話を私に吹きこんだものだ！……チェコの王子、原初の公爵だと。そしてそのあと自分から汚い皿に石を放り投げるとは……」

「いや、あいつは気違いだ」

だがヴェンツェリはあてつけがましく、執拗なほどに私の脳裡を離れようとしなかった。彼を夢に見るようになったくらいだ。いつも彼と一緒にメロニツの山をよじ登り、なぜかシュワーベン人たちから身を隠した。山野は乾燥しているだけでなく熱く、ヴェンツェリはあちこちで地面に屈みこみ、埃だらけの石ころに掌を押し当てて私にささやいた。《やってごらん！　やってごらん、この熱いこと！……　こいつらは何と激しく燃えているんだ！　いや、こんな石たちはどこにもいない！》

　こうしたことに感化されて、私には、自分の買い求めた石が実際に何か《太古の火から》生命を吹き込まれたもののように思われ始めた。一人きりになるとすぐに、子供の頃に読んだマルコ・ポーロの旅や、《多くのことに役立つ貴石》についてのノヴゴロド人たちに伝わる話が思い出されるのだった。《柘榴石は人の心を喜ばせ、悲しみを遠ざけ、それを身につけている者の言葉と思慮分別を正し、人びとへの愛を育てる》という言葉を読んで驚いたことなどが思い出された。のちにそれらはすっかり意味を失い、私たちはこうした話はすべて意味のない迷信だと思うようになった。《ダイヤは山羊の血に浸すと軟らかくなる》とか、《ダイヤは悪夢を追い払う》、ダイヤを持つ者に《毒物が迫ると、ダイヤが曇り始める》、《サファイアは心を強くし、ルビーは幸福を増大させ、青金石《ラズライト》は病を癒やし、エメラルドは目を健康にし、トルコ石は落馬から守り、柘榴石は良からぬ思いを焼き払う、トパーズは湯の煮えたぎるのを止め、瑪脳《めのう》は乙女の純潔を守り、牛黄《ごおう》はあらゆる毒を消す》などの話を疑うようになっていた。途方もないたわ言を言う老人が現れたのはそんな時で、私自身もまた老人と一緒にたわ言を口にしかねない有様だった。

眠っていても、いつもそれが夢に出てくる……。でたらめな話だとわかっていても、みな何と心楽しく、鮮やかで生き生きしていることか。でたらめじゃない、——それは質屋の石の鑑定人も知っていることだ。そうとも、あるいはでたらめじゃないかもしれない。それは石の評価なのか、それとも事実なのか……。

そうだ、だがそれはかつては事実だったではないか……。ニコン総主教がアレクセイ帝*に敵対者を告発したとき、彼は事実を書いたのだ。敵対者が何としても総主教を亡きものにしようと毒を盛ったが、総主教は備えができていた——毒消しの《牛黄《ごおう》》を身につけており、《牛黄で毒を吸い出した》。彼は手袋の指先に詰めていた牛黄《ごおう》を長いこと舐め、そのお陰で彼は助かり、敵対者は痛手を受けた。もっとも、これはすべて大昔のことで、地中深く眠る石たちも空の高みの惑星たちも、みな人間の運命を気づかってくれていた時代のこと。今は不幸にも、空でも地中でもみな子孫の運命に無関心になり、そこからは声をかけてもくれず、耳を傾けてもくれない。新たに発見された惑星たちはみな、もはや星占いの役割など担ってはいない。新しい石は数多《あまた》あるが、寸法と重さを測られ、比重と密度で比較されるだけで、そのあとどんな予言をしてくれることも、どんな病を治してくれ

＊アレクセイ一世（在位一六二九―一六四五）。ロマノフ朝の始祖ミハイル・ロマノフの息子で、ピョートル一世の父。

ることもない。石たちが人間と語り合っていた時代は過ぎ去り、彼らは今や、《多くを予言した弁舌家》が《物言わぬ魚》になったかのようだ。ヴェンツェリ老人ももちろん、馬鹿なふるまいをして、衰えた頭のなかでこんがらかった古い昔話みたいなものを繰り返している。

だが彼は、あの気違いじみた老人は、どれほど私に気を揉ませたことか！　何度足を運んでも、私の紅柘榴石《パイロープ》はまだ仕上がっていないどころか、ヴェンツェリはそれに手を付けようともしていなかった。私の《原初の王子》は《煙突掃除人》の姿のままで、がらくた同然の石たちとごちゃまぜにされて、皿にころがっていた。

もし、この石に誇り高き山の魂が宿っており、思索し感じ取る能力があるのだと、ほんのわずかでも本気で信じているなら、こんな無礼な石の扱いは蛮行というほかない。

第十章

ヴェンツェリに対する私の興味はすでに失せ、私は苛立っていた。彼は何ひとつまともに答えず、私に対して時にはふてぶてしい物言いすらした。あなたの研磨盤の車がほんの少しでも回り出すのをずっと待っているんですよ、というきわめて丁重な私の苦言に対して、彼は物憂げに虫歯だらけの歯をほじりながら、車とはそもそも何であり、この世にはどれほど多種多様な車があるかなどと講釈を始めた。百姓の水車小屋の車、百姓の荷馬車の車、車両の車、軽快な四人乗り馬車の車、ブレゲ以前の時計の歯車、ブレゲ以後の時計の歯車、デニス・ブロンデルの時計の歯車、ルイ・オドマールの時計の歯車……*。要するに、いつ果てるとも知れぬ長談義に及ぶのだが、最後には、箱馬車の車軸を作る方が石をカットするよりも容易《たやす》いんですよ、だから《待っててください、スラヴ人の旦那》と来る。

　私は堪忍袋の緒を切らして、ヴェンツェリに預けた石を返してくれと頼んだが、老人はそれに応えて、なだめるような口調で言い始めた。

「どうしてそんなことができますかね？　どうしてそんな気まぐれをおっしゃる？」

　もううんざりなんだと私は言った。

「いやいや」とヴェンツェリが答えた。「わしはまた、旦那までもシュワーベン人の仲間入りをして、チェコの公爵をわざと煤けた煙突掃除人のままにしておきたいのかと思いましたよ……」

　ヴェンツェリが大口を開けて笑い出したので、部屋中にホップと麦芽の匂いが立ちこめた。

　私には、老人がその日、ピルゼンビールを一杯余分に飲み過ぎたのだろうと思われた。

　ヴェンツェリは、ヌスレ坂の向こうのヴィノフラディ地区までこいつを連れて散歩したなどと馬

＊アブラアム＝ルイ・ブレゲはスイス生まれの時計職人。一七七五年にパリに最初の時計店を開き、数々の革新的技術を生みだした。マリー・アントワネットも顧客の一人だった。ジュール＝ルイ・オドマールもスイス生まれの時計職人。一八七五年に同僚ピゲとともにスイスで開業し、高級時計製作会社を設立した。デニス・ブロンデルの詳細は不明だが、同じく初期の時計職人。

鹿げたことさえ言い出した。そこで一緒にカレル塁壁[*1]の向かい側の乾燥丘[*2]という丘に座っていたそうだ。すると、ついにその石がヴェンツェリにすべてを打ち明けたと言う。まだソクラテスもプラトンもアリストテレスも生まれておらず、それどころかソドムの罪もソドムの業火もなかった《原始の日々》の時代から、南京虫みたいな姿で壁に這い出て農婦をからかってみせたその時までに、自分の身に起こったすべてのことを……。

　ヴェンツェリは何かとてもおかしなことを思い出したらしく、また声をたてて大笑いしたので、ホップと麦芽の匂いが再び部屋を満たした。

「もうたくさんだよ、ヴェンツェリ爺さん。私には何のことやらさっぱりわからない」

「それは何とも不思議じゃ！」彼は信じられないという面持で言い、見事な紅柘榴石《パイロープ》が、壁に塗り込んだ漆喰の中からあっさり見つかったものだ、石はたくさんあって地面に転がっていたから、粘土と一緒に漆喰に入ったのだと話した。

　おそらくヴェンツェリは、ヌスレ坂近くの小さなビアガーデンに座っているとき、そんな話がすべて頭にあり、その思いを携えて乾燥丘に行ったのだ。そこでぐっすりと深い眠りに落ち、じつに興味深い夢を見た。見るとメロニツの山中に貧しげなチェコ人の百姓家がある。家には若い農婦がいて、両手で山羊の毛を紡ぎながら、ゆりかごを足で揺すっている。ゆりかごは揺れるたびに壁にかるく当たり、漆喰が少しずつ剝がれて、ぱらぱらと落ちた。すると……《彼が目を醒ました！》。つまり目を醒ましたのはヴェンツェリでもゆりかごの赤ん坊でもなく、漆喰に塗り込められていた石、原初の騎士というわけだ……。石は眠りから醒めて外界に目をやり、この世で最上の光景に見とれた。毛を紡ぎながら赤ん坊のゆりかごを揺すっている若い母親の姿だ……。チェコ人の母親は光の当たっている柘榴石を見て思った――《あら南京虫だわ》。そして赤ん坊が嫌な虫に食われないように、自分の古靴で力まかせに虫を叩いた。彼は粘土からとび出して地面に転がり落ちた。彼女はそれが石だとわかり、ひとつかみの豆と交換して、シュワーベン人にそれを売った。これは紅柘榴石《パイロープ》一個の値段が豆ひとつかみだった頃のことだ。聖ニコライの奇蹟を集めた本には、紅柘榴石《パイロープ》を飲み込んだ魚が貧しい女の手に入り、女はその掘り出し物によってお金持ちになったという話が書かれているが、それよりも前のことだった……。

「ヴェンツェリ爺さん！」と私は言った。「お話はとても面白いけれど、申し訳ないが、私は忙しくて話を聞いてる暇がない。明後日の朝早く発《た》たなくちゃならないのでね。だから明日、石を受け取りに、最後にもう一度来ます」

「いいとも、いいとも！」とヴェンツェリは答えた。「明日の夕方、家の灯りが点《とも》り始める頃にお出でなさい。煤だらけの煙突掃除人が王子の姿になってあんたを迎えるよ」

＊1　プラハの市場周辺に建てられた旅籠屋の周囲に巡らされた塁壁のこと。それを造ったカレル四世（神聖ローマ帝国皇帝。当時、プラハが神聖ローマ帝国の首都だった）にちなんで、そう名づけられた。

＊2　この丘に小礼拝堂が造られ、小礼拝堂の内部には貴石による装飾があったという。

第十一章

私は、言われたちょうどその時刻、つまり家の灯りが点り始めた時刻に彼の家に着いた。今度は私の紅柘榴石《パイロープ》はちゃんと仕上がっていた。煤だらけの《煙突掃除人》の姿は消え、濃く暗い火の束をむさぼるように吸い、それを外へ吐き出していた。

ヴェンツェリが紅柘榴石《パイロープ》の上面の縁を、それと気づかないほどほんのわずかカットしたことにより、中央がマントのフードのように盛り上がり、柘榴石は光を取り込んで、きらめき始めた。実際、石の中で、燃え尽きることのない魅惑的な血のしずくがめらめらと燃えていた。

「どうだね？　勇士そのものだろう？」とヴェンツェリが感嘆の声を上げた。

私は実際、紅柘榴石《パイロープ》をいくら見ても見飽きず、ヴェンツェリにそう告げようとした。ところが、私が言葉を発するより先に、この謎につつまれた老人は、思いがけない奇妙な行動をとった。彼は突然、私が指に嵌めている、今や灯のそばで赤く見えているアレクサンドライトの指輪をつかんで言ったのだ。

「わしの息子たちよ！　チェコ人たちよ！　さあ早く！　ほらこれが、あんたに話した予言するロシアの石だよ！　陰謀を秘めたシベリアの石だよ！　こいつはずっと希望をあらわす緑色をしているが、夕方には血まみれになる。原初からこんな風だったが、長いこと地中に隠れていて、神託を受けた魔法使いがシベリアへ探しに行ったとき、アレクサンドル帝のご成人の日に初めて自分を見つけ出させたのだ。

「いい加減なことを言いますね」と私は彼の言葉をさえぎって言った。「この石を見つけたのは魔法使いじゃなく、学者のノルデンショルドですよ！」

「魔法使いじゃ！　魔法使いじゃとも！」ヴェンツェリは大声で叫んだ。「見なさい、これがどんな石か！　こいつの中には緑の朝と血の夜がある……。これは運命、高潔なアレクサンドル帝の運命なのじゃ！」

そしてヴェンツェリ老人はくるりと壁の方を向いて顔を肘に押し当て……泣きだした。

彼の息子たちは黙って立っていた。彼らだけでなく、自分の手にある《アレクサンドル二世石》を以前から見てきた私にとっても、この石が突然、事物の深い秘密に満たされたように思われ、心が愁いに締めつけられた。

何と言われようと老人は石の中に、ずっと存在していたようだが彼以前には誰の目にも見えなかった何かに気づき、それを読み取ったのである。

いつもと違う空想的な気分で物を見ることが時には重要だというのは、まさにそのことなのだ！

（岩浅武久 訳）

哨兵　一八三九年

第一章

読者諸氏にこれからお読みいただく物語は、その英雄的な主人公にとって感動的であると同時に恐ろしいものだが、そこで語られる事件の結末は、ロシア以外ではおよそありえないと思われるほどにロシア的である。

これは幾分かは宮廷にまつわるエピソードであり、幾分かは歴史上のエピソードと言えるが、十九世紀三十年代という、非常に興味をそそられる時代でありながら言及されることがきわめて稀だった時代の気質と風潮の特徴をなかなかよく捉えている。

これから始まる物語に作りごとは一切ふくまれていない。

第二章

一八三九年の冬、神現祭*のころ、ペテルブルグは時ならぬ雪解けの暖気に見舞われた。まるで春を思わせる湿っぽい天気で、雪が解けだし、日中は屋根から雪解け水がしたたり落ち、川という川の氷は青みを帯びて水に蔽われた。ネヴァ河も、冬の宮殿のすぐ前にいくつも深い水域ができていた。風は西風だったが非常に激しく、海から水が押し寄せて、洪水警報の大砲が撃ち鳴らされた。

宮殿の警備はイズマイロフ連隊の中隊が担当していた。中隊長は世間の評判のとびきりよい、輝くばかりの教養の持主、若き将校ニコライ・イワーノヴィチ・ミレル大尉だった（ミレル大尉はのちに将軍になり、貴族学校《リツェイ》の校長もつとめた）。大尉は、いわゆる《人道的な》傾向の人物で、その傾向は以前から指摘されており、上層部の目からすれば、いささか軍務の妨げになるものだった。

実際のところ、ミレル大尉は信頼できる真面目な将校であり、宮殿警備も当時は何ら危険なものではなかった。この上なく平和で穏やかな時代だったのだ。宮殿警備といえば、立哨勤務を正確にこなすくらいでこと足りていたのだが、ミレル大尉が当番で衛兵勤務についていたちょうどそのとき、思いがけない緊急事態が発生した。その時代の人びとの多くは生涯も終わりに近づいており、この出来事を思い出す人はごくわずかになった。

最初のうち警備はすべて順調だった。部署が割り当てられて人員が配置され、万事が規則どおりに進んでいた。ニコライ・パーヴロヴィチ帝はいたってお健やかで、夕方に馬を乗り回したあと、お帰りになり床に就かれた。宮殿も眠りにつき、平安な夜のとばりにつつまれた。衛兵詰所は静まり返っていた。ミレル大尉は、将校用ひじかけ椅子の、にょっきりと高く、昔から手垢でうす汚れているモロッコ皮の背もたれに白いハンカチをピンで留め、書物にむかって時を過ごしていた。

大尉はいつも熱心な読書家だったので、退屈することなく読書に没頭し、夜が更けていくのにも気づかなかった。そこへとつぜん、夜中の二時近くに、ひどくやっかいな事件が持ち上がり大尉を驚愕させた。交代下士官が彼の前に現われ、恐怖で真っ青な顔をして、しどろもどろに言う。

「大変です、大尉殿、大変です！」

「何事か?!」

「おそろしい災難が起こったのであります」

ミレル大尉は言葉にならない不安な思いに駆られて椅子からさっと立ち上がり、いったい何が《大変》で《おそろしい災難》なのか、下士官からかろうじて聞き出すことができた。

＊旧暦一月六日（新暦一月十九日）。主の洗礼祭ともいう。イエスが洗礼を受け、神として世に現れた日。

それはこういうことだった。イズマイロフ連隊のポスニコフという名の兵士が、現在「ヨルダン門」と呼ばれている宮殿入口近くで戸外の立哨勤務についていたとき、すぐ前のネヴァ河の、氷が解けかかった水域で人が溺れ、必死に助けをもとめているのが聞こえた。

ポスニコフは以前は屋敷づとめの下男だった兵士で、とても神経質で感じやすい人間だった。遠くから聞こえる溺れた男の叫びと呻き声に長いこと耳を傾けていると、気が遠くなりそうだった。恐怖の思いで河岸通り一帯に目を走らせたが、河岸にもネヴァ河上にも、折悪しく人影ひとつ見えなかった。

溺れた男を救助できる者はだれもいない、このままではきっと水に飲みこまれてしまうだろう……。ところが男は、おそろしく長い時間、根気づよく水と闘っている。

もはや抗わずに水底に沈むほかないように思われたが、そうはならなかった！　疲れきった男の呻き、助けを呼ぶ声は、とぎれて静かになったかと思うと、また聞こえ始め、しかも宮殿河岸通りにどんどん近づいてくる。どうやらまだ気は確からしく、正しく進路をとり、街灯の明かりめざしてまっすぐに進んでいるようだが、どのみち助かるまい。この方向へ行くと、まさしく聖水所[*1]の穴に落ち込んでしまうのだから。そこで氷の下にはまりこんだら、もうおしまいだ……。再び静かになったかと思うと、すぐまた水しぶきを跳ね上げて呻きだす。「助けてくれ、助けてくれー！」今度はすぐ近くで、バシャバシャと水をかく音さえ聞こえる……。
兵士ポスニコフは、この男を救うのは造作もないのだがと思いをめぐらし始めた。もし今、氷の上に駆け下りたら、男はきっとそこにいるはずだ。ロープを投げるか竿や銃を差し出してやれば助かるだろう。男はすぐ近くだから、それにつかまって凍りついた水の中から抜け出せるだろう。だがポスニコフは軍務と軍人宣誓を忘れていなかった。自分は哨兵であり、哨兵たるもの、いかなる理由があろうと、けっして哨所を離れてはならないのだ。
だが一方、ポスニコフの心はそれに従おうとしない。胸がひどく痛み動悸が高まり、心臓が止まりそうだ……。呻き声と悲鳴のせいで心は激しく動揺し、いっそのこと心臓をもぎとって足下に投げつけたくなる……。人が死にかけている声を耳にしながら救いの手を差し伸べずにいるのは恐ろしい。救える可能性が十分にあるというのに。哨所は消えてなくなるわけでなく、何も悪いことはおこるまい。《さっと駆け下りるか？……見つかりはしまいか？　ああ、もうおしまいだ！　また呻いている……》
そんな状況が半時間ほど続くうちに兵士ポスニコフは胸が引き裂かれ、《正気も危うくなる》ように思われてきた。だが彼は明瞭な分別を備えた思慮深い兵士だった。哨所を離れることは哨兵にとっては重罪であり、直ちに軍法会議にかけられ、そのあとは列間笞打《むち》ち刑[*2]と懲役刑だ。場合によっ

＊1　凍ったネヴァ河に十字型に穿たれた「ヨルダン孔」と呼ばれる穴。神現祭にそこから水中に入り身を清める。
＊2　二列に並んだ兵士の間を笞で打たれながら通り抜けさせる刑罰。

ては《銃殺刑》すら待ち受けていることをよく承知していた。だが水嵩を増した川から聞こえる呻き声はどんどん近づき、ゴボゴボと必死でもがく水音が聞こえる。

「溺れるー！　助けてくれー、溺れるー！」

聖水所はすぐ目の前だ……もうだめだ！

ポスニコフはもう一度、そしてもう一度と、あたりを見回した。どこにも人影はなく、街灯が風にゆれ、明かりがちらついている。叫び声が風にのり、とぎれとぎれに聞こえてくる……、これが最後の叫びかもしれない……。

そこへまたバシャッと水を跳ね上げる音に続いて、先ほどと同じ呻き声が聞こえ、水中でゴボゴボ音がし始めた。

哨兵は我慢できずに持ち場を離れた。

第五章

ポスニコフは石段に駆けより、激しい動悸を押さえて氷の上に跳び下り、押し寄せる水の方へと急いだ。溺れた男が水の中でもがいている場所をすばやく見定めると、持っていた銃の銃床を男に差し出した。

男が床尾につかまったので、ポスニコフは銃剣を持って引き寄せ、岸にひっぱり上げた。

助けられた方も助けた方もずぶ濡れだった。溺れた男はぐったりして身を震わせ、倒れんばかりだったので、救助した兵士ポスニコフは、男を氷の上に残しておくわけにはいかず、河岸通りに引き上げたあと、さて男をだれに引き渡したものかと、あたりを見回した。そうこうするうちに一台の橇が河岸通りにあらわれた。乗っていたのは、当時はまだあった宮殿付き傷痍兵班（のちに廃止された）の将校だった。ポスニコフにとって折悪しくも、やってきた将校はどうやらひどく思慮の浅い、しかも少々血のめぐりの悪い厚顔な男だったようだ。将校は橇から跳び下りて訊問し始めた。

「何者だ？　お前らは何者か？」

「溺れたのであります、水にはまり込んでおりまして」とポスニコフは説明しかけた。

「溺れただと？　誰が溺れたんだ、お前がか？　どうしてこんなところで？」

男はぜいぜい喘ぐばかりで、ポスニコフの姿はもうなかった。銃をかついで、また哨所に立ったのだ。

将校は何がおきたのか分かったのやら分からなかったのやら、それ以上の詮索をせずに、救助された男をすぐに自分の橇に抱え上げると、モルスカヤ通りにある海軍省区の警察署めざして橇を走らせた。

将校はそこで署長あてに、自分が連れてきたずぶ濡れの男は、宮殿前の氷の解けた水域で溺れていたところを、自ら生命の危険をおかして救助したものであると申告した。

救助された男はなおも全身ずぶ濡れのままで、すっかり凍えて疲労困憊していた。驚愕した上に体力を使いはたして意識が朦朧《もうろう》としており、男にしてみれば、だれが救助してくれたかなど、どうでもよいことだ。

寝ぼけまなこの警察の準医師が男のまわりを忙しく動きまわっていたが、事務室では傷痍兵班将校の口頭申告にしたがって調書の作成が始まっていた。警官特有の疑い深さから、将校がなぜ全身濡れもしないで水から上がってきたのか、不審の目が向けられた。将校は《人命救助者》に授与される規定の褒章をもらいたかったので、それは幸運な成りゆきによるものだと説明したが、説明はつじつまが合わず、ありそうもない話だった。係官らは署長を起こしに行き、照会のために人を派遣したりした。

一方、宮殿では、この一件は別の方向に急展開していた。

第六章

宮殿の衛兵詰所では、溺れかかって救助された男を将校が橇にのせたあとの経過は誰も知らなかった。イズマイロフ連隊の将校と兵士らが知っていたのは、ただ兵士ポスニコフが哨所を離れ、溺れた人間を救助しにとび出したこと、そしてそれは重大な軍務違反であり、兵卒ポスニコフは必ずや軍法会議にかけられて笞《むち》打ち刑になるだろうこと、そして上官たちは中隊長から連隊長にいたるまで全員いやな目に遭い、異議も弁解も決して許されないということだけだった。

ずぶ濡れで震えている兵士ポスニコフは、もちろん直ちに立哨の任を解かれて衛兵詰所に連行され、われわれが知っているすべての経過を正直にミレル大尉に話した。救助した男を傷痍兵班将校が自分の橇にのせ、海軍省区に急ぐよう御者に命じたことにいたるまで、詳しく話したのだ。

危険がさらに迫り、もはや避け難いものになっていた。もちろん傷痍兵班将校は警察署長にすべてを話し、署長はこの件をすぐに警視総監ココーシキンに知らせ、総監が朝には陛下に上奏して《てんやわんやの大騒ぎ》が始まるだろう。

あれこれ思案している暇はなく、事態に対処すべく上官たちの判断を仰がねばならなかった。

ミレル大尉はすぐさま大隊長のスヴィニイン中佐に報告を送り、可能な限り速やかに宮殿衛兵詰所に駆けつけ、あらゆる手段を講じてこの恐ろしい災難から救ってくれるようにと懇願した。

もう三時に近く、ココーシキン警視総監が陛下のもとに上奏のため参内するのはかなりの早朝だったから、考えるにせよ行動するにせよ、時間はほとんど残されていなかった。

第七章

スヴィニイン中佐は、ミレル大尉が持ちあわせている憐みや思いやりとは無縁な男だった。情け知らずというわけではなかったが、何よりも《規則第一主義》を旨とする人間（今また愛惜の念とともに回顧されるタイプ）だった。スヴィニイン中佐は際立って厳格で、自分が規律にやかましいことを好んで誇示するほどだった。いじわるな質《たち》ではなく、誰に対しても理由なく苦しみを味わわせることはなかったが、何であれ軍務違反を犯した者は容赦しなかった。違反の誘因となった動機の検討などは場違いだと考えており、軍務においてはいかなる罪も罪だという規範を固く守っていた。そのため衛兵中隊では誰もが、兵卒ポスニコフは哨所放棄のかどで痛い目に遭わねばなるまい、ポスニコフが持ち堪《こた》えられないほどひどい罰をくらっても、スヴィニイン中佐はそのために心を痛めたりはしないということを知っていた。

中佐は上官や同僚の間でそんな人物として知られており、なかにはスヴィニインに好意を持たない者もいた。当時はまだ《人道主義》や、その類の迷妄が完全には廃《すた》れていなかったのである。スヴィニインは《人道主義者》が彼を非難しようが褒めたたえようが、それには無関心だった。懇願や哀願、同情心をそそろうとする試みは、彼には何の効き目もなかった。そんなものには動じない、あの頃に立身出世した人間特有の筋金入りの男だったが、そんな彼にも、ギリシア神話のアキレスの腱のように弱点があった。

スヴィニイン中佐には輝かしい軍歴があり、当然なことに中佐はそれを大切に守り、式典用礼服のように、そこに塵ひとつ落とさないように注意してきた。それなのに、彼に委ねられた大隊に所属する一人の人間の不運なしくじりは、部隊全体の規律に汚点を残すにちがいなかった。部下の一兵卒がきわめて高邁な同情心に駆られてやったことに対して大隊長に責任があるかどうかなど、順調にスタートして入念に保持されてきた軍歴を支援した人びとは詮索しないだろうが、近縁者に道を開いてやるために、あるいは周囲から贔屓《ひいき》にされている若者を機を見て後押ししようとして、スヴィニインの足を掬《すく》おうとする者も多くいるだろう。もちろん陛下はお怒りになり、かならずや連隊長に対して、そなたのところには《だらしない将校》がいるとか、その部下たちは《たるんだ連中だ》とおっしゃるだろう。ではそれは誰がやったのかと言えば、スヴィニイン中佐だということになる。《スヴィニインはだらしない》と繰り返されるようになり、その非難がスヴィニイン中佐の評判への拭いがたい汚点になるかもしれない。そうなると、同時代の人びとの中で彼には何ひとつ秀でたところがないことになり、ロシア国家の歴史に名を残す人物の一連の肖像画の中に彼の姿が残る可能性はなくなる。

当時、歴史研究をやる者はあまりいなかったが、それでも歴史を信頼し、自ら熱心に歴史の執筆に加わろうとする人々もいた。

第八章

夜中の三時頃、ミレル大尉からの緊急報告を受けたスヴィニイン中佐は、すぐさま寝台から飛び下りて軍服に着替え、恐怖と怒りに胸を震わせながら宮殿の衛兵詰所にやってきた。直ちに兵卒ポスニコフを訊問した結果、とんでもない不祥事が起きたのだと確信した。兵卒ポスニコフは大隊長に対しても、ミレル中隊長に証言したとおり、自分の衛兵勤務中に起きたことを、すべてありのまま正直に認めた。ポスニコフは《神様にも皇帝陛下にも許されない罪を犯しました》と言う。立哨中に、氷の解けた水域に落ちた男の呻き声が聞こえ、哨兵としての義務と同情心との葛藤に長く苦しんだ末、結局、同情心にそそのかされて、我慢できずに哨所を離れ、氷に跳び下り、溺れた男を岸に引き上げた。ところが折悪しく、通りかかった宮殿付き傷痍兵班の将校に出くわしたというのである。

スヴィニイン中佐は絶望的な気分だった。どうにも腹の虫がおさまらず、ポスニコフに怒りを爆発させ、即刻、彼をひっ捕えて、そのまま営倉送りにした。さらにミレル大尉に向けて、君の《人道主義の理想郷》など軍務には何の役にも立たないと辛辣な言葉を放った。だがそれで事態を収拾できるはずもなかった。哨兵が哨所を放棄するなどという不始末は言い訳がきかないのはもちろんのこと、謝罪の余地もなかった。残された道はただ一つ、事件をすべて陛下には隠し通すということだ……。

だがこんな出来事を隠し通すことなど、できるものだろうか。

おそらくそれは不可能だろう。溺れた男が救助されたという話は衛兵全員が知っているし、あの憎らしい傷痍兵班将校も知っており、もちろん何もかもすでに警視総監ココーシキン将軍に知らせたにちがいない。

では今、どこへ急ぎ、誰のもとに駆けこんだらよいのか。誰に援助と保護を求めればよいのか。

スヴィニイン中佐はミハイル・パーヴロヴィチ大公*のもとに駆けつけ、正直にすべてを話そうと思った。大公は激しやすいお方だから、かっとなって怒鳴りつけられるかもしれないが、そのご気性とご性癖からすれば、最初の言葉が厳しく、ご叱責がひどければひどいほど、そのあとお怒りが鎮まるのも早く、自ら弁護役をかって出ようとさえなさるだろう。当時、そんな解決策に頼ることもしばしばあった。そうした事例はこれまでもよくあり、時にはわざとそんな機会をうかがうことすらあった。《悪口は束の間のもの》のことわざどおりに、中佐は何とか事態をまるく収めたいと切に願った。だが深夜に宮殿へ参内して大公のお心を煩わせるなど、許されるものだろうか。しかし朝まで待って、ココーシキン総監が陛下への上奏を終えたあとに、のこのことミハイル・パーヴロヴィチ大公のもとに出頭するのでは遅すぎる。スヴィニイン中佐はしばらくの間、この難局に気を揉んで身も心も疲れ果ててしまったが、その時、彼の頭にもう一つの解決策が浮かび上がってきた。その解決策は今なお謎につつまれている。

第九章

よく知られた戦法のひとつに、包囲した要塞の城壁から反撃の危険が迫っている時は、要塞を離

＊皇帝の弟で、当時、近衛軍団の指揮官。

れるのではなく、城壁の真下を直進するという方策がある。スヴィニイン中佐は、最初に頭に浮かんだ方法はすべて取りやめ、すぐにココーシキン総監のもとに出向くことにした。

当時、ペテルブルグではココーシキン総監について、恐ろしい話や理不尽な話がいろいろと取りざたされていたが、彼は多面的な驚くべき機転の持主だとの定評があった。その機転を働かせて、《容易に蝿を象に作り変え、象を蝿に作り変える力をもっている》とのことだ。

ココーシキン総監は実際、非常に峻厳で恐ろしく、みなに恐怖を抱かせる人物だったが、軍人でも悪戯好きや悪気のない剽軽者《ひょうきんもの》のことは大目に見てくれることがあった。当時はそんな悪戯者が大勢いて、面倒見のよい頼もしい庇護者として総監にすがる者も少なくなかった。とにかく彼がその気になりさえすれば多くのことが可能になり、それを実行する才知を持ちあわせていたのだ。スヴィニイン中佐もミレル大尉もそんな彼をよく知っていた。ミレル大尉も大隊長のスヴィニイン中佐に対して、直ちにココーシキン総監のもとに赴き、その寛大な心と《多面的才知》に頼るようにと強く勧めた。陛下のお怒りを買わないようにして、この忌々しい事態をどう乗り切ればよいか、おそらくその才知が総監に示唆してくれるだろう。さすがはココーシキンで、これまで彼は多大な努力を払って、いつも陛下のお怒りを免れてきたのだ。

スヴィニイン中佐は外套を羽織り天を仰ぎ見て、《神様、神様！》と数回叫ぶと、ココーシキン総監のもとに向かった。

時刻はすでに朝の四時を回ろうとしていた。

第十章

警視総監ココーシキンはまだ寝ているところを起こされ、スヴィニイン中佐が一刻の猶予もならぬ重大案件でやってきたとの報告を受けた。

総監はすぐに起き上がり、部屋着のままで身を縮め、額をこすり欠伸《あくび》をしながら、スヴィニインの前にあらわれた。ココーシキン総監はスヴィニイン中佐の報告をすべて注意深く、しかし落ち着いて聞いた。中佐が状況を報告し、何とぞ穏便な計らいをと頼んでいる間に総監が発したのはただひと言、「兵士が哨舎を離れて、人を救ったというわけだな？」という言葉だけだ。

「そのとおりであります」とスヴィニインは答えた。

「で、哨舎は？」

「その間、誰もいないままでした」

「ふむ……、哨舎が空っぽのままだったことはわかっておる。哨舎がのっとられたわけでないのは、じつによかった」

スヴィニイン中佐はそれを聞いて、総監はすでにすべてを承知しており、午前の上奏の際に皇帝陛下にどうお伝えすべきかも心に決めていて、その決定を変更しないだろうという確信を深めた。そうでなければ、宮殿を警備する哨兵が哨所を放棄するなどという事態は、間違いなく、気性の激しい警視総監をもっとつよい不安に陥れたはずである。

だがココーシキン総監は何も知らなかった。救助された男を伴って傷痍兵班将校が海軍省区警察署長の前に現れたとき、署長はこれがとくに重大な案件だとは思わなかった。署長の目からすれば、これはお疲れの警視総監を深夜に煩わすようなことでもなく、しかもこの事件自体がかなり疑わしいものに思われた。というのも、傷痍兵班将校はまったく濡れた様子はなかったが、生命の危険をおかして溺れかかった男を助けたというなら、そんなことはありえないはずだ。署長はこの将校はただ胸の褒章をもう一つ手に入れたいという野心から嘘をついているのだと見てとり、当直署員が調書を書いている間、将校を自分のところに留め置いて細かなことを根掘り葉掘り問い質し、真相を探り出そうと努めた。

署長にしてもこんな出来事が自分の管内で起きたことが面白くなかったし、溺れた男を引っ張って来たのが警察官ではなく宮殿勤務の将校だったことも気に入らなかった。

ココーシキンが落ち着いていた理由は単純だ。まず第一に、一日中忙しかった上に、夜中には二件の火災の消火に当たっていたため、その時はひどく疲れていたこと、第二に、哨兵ポスニコフがしでかした事件は警視総監たる彼に直接には関わりないことだったからだ。

とはいえココーシキンは直ちにしかるべき措置をとった。

彼は海軍省区警察署長のもとに使いを出し、傷痍兵班将校と溺れかかった男を伴って即刻出頭するよう署長に命じた。またスヴィニイン中佐には、執務室前の小さな応接室で待つように求めた。

そのあとココーシキン総監は執務室に戻り、ドアも閉めずに机に向かって書類の決裁を始めようとしたが、両手に顔をうずめ、椅子に座ったまま眠り込んでしまった。

第十一章

当時はまだ市内電報も電話もなく、上層部の指令を至急に伝達するためには、ゴーゴリの喜劇を通して長く記憶されている《四万人の伝書使》*が四方八方に飛びまわった。

もちろん伝書使は電報や電話のように敏速ではなかったが、その代わり、都市を一段と活気づけ、上層部の不眠不休の働きぶりを証明していた。

署長が救助にあたった将校と溺れかかった男を伴い、息せき切って海軍省区から出頭してくるまでに、神経質で気性の激しいココーシキン総監も、ひと眠りして元気を取り戻した。顔の表情を見ても、てきぱきと指示する様子を見ても回復は明らかだった。

ココーシキンは出頭してきた全員を執務室に呼び、スヴィニイン中佐も一緒に招き入れた。

「調書は？」と総監はひと言、さわやかな口調で署長に問いかけた。

署長は折りたたんだ一枚の文書を黙って総監に差し出し、小声でささやいた。

＊ゴーゴリの戯曲『検察官』第三幕第六景のフレスタコフの台詞。ただしゴーゴリの戯曲では「三万五千人」。

「内々で閣下にご報告させていただきたいのですが……」

「いいだろう」

ココーシキン総監はその場を離れて窓寄りの奥まった片隅へ行き、署長がそのあとにつづいた。

「いったい、どうした？」

署長の不明瞭なささやき声とそれに応答する総監の明瞭な声が聞こえた。

「ふむ……、そうだ！……一体どういうことか？……ありそうなことだ……濡れずに這い上がったと言い張っているのだな……そのほかは何も？」

「何もございません」

総監は窓のそばを離れ、机に向かって座り、調書を読み始めた。彼は恐怖や疑いの色も見せずに小声で調書を読み、そのあと声を高めてきっぱりとした口調で、救助された男に直接聞いた。

「兄弟、いったいお前はどうして宮殿の前で水に落ちたりしたのか？」

「悪うございました」と救助された男は答えた。

「わかっておるじゃないか！　酔っぱらっていたのか？」

「悪うございました。酔っぱらうまではいきませんでしたが、一杯やった後でした」

「どうして水に落ちたのだ？」

「氷の上を通って近道しようとしたのですが、へまをして水に落っこちました」

「つまり、真っ暗で見えなかったというのか？」

「真っ暗でした。あたりは真っ暗でした、閣下！」

「誰が引っ張り上げてくれたのか、見分けられなかったのだな？」

「悪うございました。なんにも見分けられませんでした。おそらくあの方でございましょう」と彼は将校を指さし、言葉を添えた。「気が動転していて見分けられませんでした」

「そうだろう、寝ていなきゃならん時間にうろついておるのだから！　ようく見て、恩人が誰か、忘れずに覚えておけ。この気高いお方は、お前のために生命を賭けてくださったのだぞ！」

「生涯、忘れません」

「将校殿、君の名前は？」

将校は名を名乗った。

「聞こえたかな？」

「はい閣下、お聞きしました」

「お前は正教徒か？」

「正教徒でございます、閣下」

「祈禱の芳名録にこのお方の名前を書き込んでおくのだぞ」

「書き込みます、閣下」

「このお方のことを神様にお祈りするのだ。さあ、もう帰ってよい」

男は深々とお辞儀をして、赦免されたのをこの上なく喜んで外へ出た。

スヴィニイン中佐はその場に佇み、こうした成り行きがすべて神様のお慈悲とは、と訝《いぶか》しく思っていた。

第十二章

ココーシキンは傷痍兵班将校に向かって言った。

「君が身の危険をおかしてこの男を救ったのか？」

「そのとおりでございます、閣下」

「この出来事を目撃した者はいなかった、それにおそい時刻だったので、いるはずもなかったということだな？」

「はい、閣下。暗うございましたし、河岸通りには哨兵のほか誰もおりませんでした」

「哨兵のことなど持ち出さなくともよい。哨兵は自分の哨所を守るもので、他のことに気を取られるはずがないのだ。私は調書に書かれていることを信じておる。これは君の話をもとに書かれたのだな？」

ココーシキン総監はこの言葉にとりわけ力をこめて、まるで脅すか恫喝するみたいな口調で言った。

将校の方は、おじけづく風もなく、目をかっと見開き、胸をはって答えた。

「私の話をもとに正確に書かれたものであります、閣下」

「君のしたことは褒賞に値する」

将校は感謝してお辞儀しようとした。

「礼には及ばん」とココーシキン総監は言葉を続けた。「君の献身的な行為については皇帝陛下にご報告しておく。今日にもその胸に褒章が飾られるかもしれんぞ。さあ、家に帰って温かいものでもたっぷり飲みたまえ。ただ、こちらから用があるかもしれぬから、どこへも行かないように」

傷痍兵班将校は満面に喜びの色を浮かべ、失礼いたしますと言って退出した。

ココーシキン総監はその後ろ姿を見て言葉を洩らした。「陛下が直々に会いたいと思われるかもしれん」

「かしこまりました」と飲み込みの早い署長は答えた。

「君はもうよろしい」

署長は部屋を出て、後ろ手にドアを閉め、すぐにいつものように恭しく十字を切った。

傷痍兵班将校は署長を下で待っていた。二人はここへ来た時よりもずっとうちとけた様子で帰っていった。

警視総監の執務室に残ったのはスヴィニイン中佐一人になった。ココーシキン総監はスヴィニイン中佐をしげしげと見つめたのち、こうたずねた。

「君は大公のもとには行かなかったのだな？」

その頃は大公といえばミハイル・パーヴロヴィチ大公のことだと誰もがわかっていた。

「自分は閣下のもとに直接来たのであります」と中佐は答えた。

「衛兵士官は誰か？」

「ミレル大尉であります」

ココーシキン総監は再びスヴィニイン中佐をじろりと見やり、そして言った。

「君は先ほど、何か別なふうに言っていたようだが」

スヴィニインは何のことかさっぱり飲み込めずに黙っていると、総監が言葉を付け加えた。

「まあ構わん、よく休みたまえ」

接見は終わった。

第十三章

実際に傷痍兵班将校は、再び午後の一時にココーシキン総監のもとに呼び出された。総監はじつに愛想よく、宮殿の傷痍兵班将校のなかにこれほど警戒を怠らぬ献身的な人物がいることを陛下は大層喜ばれ、《人命救助褒章》をお与えくださったと将校に告げた。そう言いながらココーシキン総監は、手ずからこの英雄に褒章を授け、将校はそれを見せびらかそうと帰っていった。さてこれで一件落着と考えることもできたのだが、スヴィニイン中佐はそこに何かまだ一点、未完成なものがあるように感じ、最後の仕上げをするのは自分の使命だと考えた。

彼はひどく思い悩んで三日ばかり臥せっていたが、四日目には床を離れ、ピョートル小屋*へ行って救世主のイコンに感謝の祈りを捧げると、穏やかな気分で帰宅してミレル大尉を呼びにやった。

「ニコライ・イワーノヴィチ」とスヴィニイン中佐はミレル大尉に言った。「ありがたいことに、われわれの頭上にのしかかっていた雷雲は消え去り、哨兵に関わる不幸な事態はすっかり遠のいた。どうやら、これでわれわれもひと息つけそうだ。これはみな間違いなく、まずは神様のお慈悲のおかげ、つぎにココーシキン総監のおかげだ。総監のことを意地悪だとか薄情だとか言う者もおるが、私は総監の寛大なお心に感謝しており、その機転と適切な判断を心から尊敬している。あの傷痍兵班の古だぬきは、本来ならば褒章どころか、こっぴどく打ちのめしてやるべき厚顔無恥な奴だが、総監はあいつの法螺《ほら》話をじつに巧みに利用された。あれしか方法はなかった。大勢の人間を救うためにそれを利用するほかなかったのだ。ココーシキン総監がすべてうまく事を運ばれたので、誰ひとり少しもいやな目に会わず、それどころか、みんなが喜び満足することになった。ここだけの話だが、ある信頼すべき人物から聞いたところによれば、総監はこの私にとても満足なさっているそうだ。私がほかへ行かずにまっすぐに総監のもとへ行ったこと、褒章をもらったペテン師野郎と揉め事をおこさなかったことにご満足なのだ。つまり、誰も辛い思いをすることなく、すべて巧妙に

*ピョートル大帝礼拝堂。

事が運ばれ、この先も何ひとつ心配はない。だがわれわれには一つだけやり残したことがある。われわれもココーシキン総監の範に習って機転をきかせ、今後何がおきても自らを守れるように事を終わらせねばならない。もうひとり、まだ処置の終っていない男がいる。兵卒ポスニコフのことだ。営倉に拘置されたままで、自分がどうなるのかと、きっと苦しんでいるだろう。あいつの苦しみを終りにしてやらねば」

「そうです。もう充分であります！」ミレル大尉は喜んで言った。

「もちろんだ。そして誰よりも君がやるのが一番よい。直ちに兵舎におもむき、中隊を召集してくれたまえ。兵卒ポスニコフの拘禁を解いて、二百回の列間笞《むち》打ち刑にするのだ」

第十四章

ミレル大尉は驚いた。ここはすべてまるくおさめて、兵卒ポスニコフを全面的に赦免してやってはどうでしょうと、スヴィニイン中佐を説得しようとした。そうでなくてもポスニコフは、もう存分に苦しみ、自分の身がどうなるかと、営倉で裁決を待ちうけているのですからと。だがスヴィニイン中佐は怒り出し、ミレル大尉に最後まで言わせなかった。

「いや」と中佐はミレルをさえぎって言った。「よしたまえ。たった今、機転をきかせよと言ったばかりなのに、もう君は機転のきかないことを言い始める！　やめたまえ！」

中佐はさらにそっけない冷やかな口調で、きっぱりとこう言い足した。

「この件では、君も少々間違っておる。それどころか、君の責任はきわめて重い。君には軍人らしからぬ軟弱なところがあり、その性格上の欠点が部下との関係にも影響を与えている。だから君にははっきりと命じておく。刑の執行に立ち会い、笞打ちをしっかりと、できるだけ厳しくやらせるのだ。そのためには、いいかね、親衛隊に転属して来たばかりの若い兵士らに笞打ちをやらせること。この点ではうちの古参兵は親衛隊的リベラリズムに毒されており、仲間をしかるべく打とうとせずに、背中の蚤をおどかすくらいがせいぜいだ。私もその場へ出向き、罪を犯した兵卒がどう処置されるのか、この目で確かめるからな」

何であれ上官の命令を逸脱することは、もちろん許されるはずもなく、心優しいミレル大尉も、大隊長スヴィニインから受けた命令をそのまま実行するほかなかった。

中隊はイズマイロフ兵営の営庭に整列させられた。保管庫から十分な数の笞が運ばれ、営倉から引き出された兵卒ポスニコフは、転属してきたばかりの若い兵士らの熱心な働きによる《処置が取られた》。親衛隊的リベラリズムに冒されていないこの兵士らは、大隊長が兵卒に下した決定をすべて完全に実行し、最後の仕上げを果たした。その後、笞打ち刑を受けたポスニコフは身体を起こされ、外套にのせられて、そのまま連隊病院に運ばれた。

第十五章

大隊長スヴィニイン中佐は、刑が執行されたという報告を受けるとすぐに、父親のように連隊病院のポスニコフを訪ね、自分の命令が完璧に実行されたことをはっきりとその目で確かめて満足した。同情心があつく感じやすいポスニコフには《しかるべき処置》が取られていた。スヴィニイン中佐は大いに満足して、処罰されたポスニコフの傷が治るまでの間の慰めにと、一フント〔約四百グラム〕の砂糖と四分の一フントのお茶を、自分からとして差し入れるように命じた。ポスニコフは寝台に横になったまま、お茶を命じる言葉を聞いて言った。「大変ありがたく存じます、中佐殿。父親のような温かいお情けに感謝申し上げます」

実際、ポスニコフは《ありがたく》思っていた。三日間営倉にいるとき、これよりもずっと悪い事態を予想していたのだから。当時の峻烈な時代からすれば、笞打ち二百発というのは、軍法会議の判決で人びとが受けていた刑罰に比べると、大した刑罰ではなかった。前述したような大胆で機動的なかけひきがポスニコフに幸いしたのだが、そうでなければ、まさしく通常の厳罰に処せられただろう。

だがここに語られた出来事に満足した人の数は、それだけではなかった。

第十六章

兵卒ポスニコフの手柄話は、首都のすみずみまでひそかに広がっていった。活字による発言が抑えられていた当時の首都では、ありとあらゆる噂話が飛び交っていたのだ。口から口へと伝えられる間に、事件の主人公であるはずの兵士ポスニコフの名は消えてしまったが、その一大絵巻は語り継がれるうちに尾ひれがつき、興味津々たるロマンチックな色調を帯びるにいたった。

それによれば、並はずれた泳ぎの達人が、ペトロパヴロフスク要塞側から宮殿めざして泳いできたため、宮殿警備に当たっていた哨兵の一人が男に向けて銃を放ち、男を負傷させた。そこへ通りかかった傷痍兵班将校が水に飛び込み、男を救った。それにより、一人はしかるべき褒賞に浴し、もう一人にはしかるべき処罰が下されたというのだ。このつじつまの合わない噂は別院《ポドヴォリエ》[*1]まで届いた。当時別院には、《世俗の出来事》に並々ならぬ関心をもつ何事にも慎重な、さる主教猊《げい》下[*2]が滞在していた。この主教猊下は信仰心の篤いモスクワのスヴィニインの一家に日頃から目をかけていた。

炯眼な主教猊下には発砲の話が不可解に思われた。深夜の泳ぎ手とは一体何者か？　もしその男

＊1　総主教庁直轄の教会あるいは主教滞在館。
＊2　総主教、府主教、大主教、主教など主教職にある高位聖職者の通称および呼称。フィラレート府主教がモデルとされている。

が脱走囚なら、男が要塞の監獄から脱け出してネヴァ河を泳ぎ渡ろうとしたとき、男に発砲して義務を遂行した哨兵がなぜ処罰されねばならなかったのか？　もし男が脱走囚などではなく素姓のわからぬ人物で、ネヴァ河の波間から救わねばならなかったのなら、なぜ哨兵はその男のことを知ったのか？　その場合でもやはり、世間の噂どおりのはずはない。世間では軽薄な思いこみが多く、《でたらめな噂》が流されるのだが、僧院や別院に居住する人たちは、何事でも世間よりはるかに真剣に受け止め、俗世の事柄についても真相を知っているものだ。

第十七章

ある日、スヴィニイン中佐が祝福を受けるべく主教猊下のもとを訪れたとき、この別院の高貴な主《あるじ》たる主教猊下は中佐を相手に、《巷で噂の発砲事件》の話を持ち出した。スヴィニイン中佐は、われわれが知っているとおりの真実をありのままに話した。それは《巷で噂の発砲事件》とは似ても似つかぬものだった。

主教猊下は白い数珠を微かに揺らしながら、話し手から目を逸らさず黙って真相を聞いた。スヴィニイン中佐が話し終えると、主教猊下は静かなせせらぎのような口調で言った。

「つまり、この件では何処でも何ひとつ完全な真実は報告されなかったということですな？」

スヴィニイン中佐は、やや躊躇《ためら》った後で質問をかわすように、報告したのは自分ではなくココーシキン総監だと答えた。

主教猊下は黙ったまま、蠟のように白い指で数回数珠を爪繰《つまぐ》ったのちに言った。

「何が偽りで何が不完全な真実かを区別しなければなりませぬ」

また数珠を爪繰り、口を閉ざす。そしておもむろに静かなせせらぎのような声で語り出す。

「不完全な真実は偽りではない。だがそれは最小限でなくては」

「その通りでございます」とスヴィニイン中佐は、その言葉に励まされて言い始めた。「もちろん私は、その兵士がたとえ軍務違反を犯したとはいえ、処罰せねばならなかったことに何より当惑しております……」

数珠の音と静かなせせらぎのような声が中佐の言葉をさえぎる。

「軍務違反は決してあってはなりませぬ」

「その通りでありますが、兵士が軍務違反を犯したのは、心が広く思いやりがあるからでして、しかも葛藤の末に危険を顧みずにであります。他人の生命を救うことによって自分が破滅することを覚悟しておりました……。気高い神聖な心情です！」

「神聖かどうかは神様がご存知じゃ。平民にとって体罰は身の破滅ではない。平民たちのしきたりにも聖書の精神にも悖《もと》りはしない。魂の繊細な苦しみよりも、がさつな身体に受ける笞の方がよほど耐え易いもの。そなたの指図によっていささかも正義が損なわれることはなかった」

「しかしあの兵士は人命救助の褒章も受け損ねました」

「人命救助は功績というよりは義務なのじゃ。救うことができたのに救わなかった者は、厳罰に処せられるべきものだが、人を救った者は義務を果たしたまでのこと」

間をおいて、数珠の音と静かなせせらぎの声。

「戦士にとって功績を上げたことで侮蔑や傷を負うことは、称賛されて褒章をもらうよりもずっと有益でありましょう。だがこの一件で最も肝要なのは、何事においても慎重に構え、いついかなる場合も、件《くだん》の人物のことは決して語らぬことじゃ」

……どうやら主教猊下も満足なさったようだ。

第十八章

もしも私が、信仰心の篤さゆえに神様のご見解の内奥を見通すことを許された、選ばれた幸福な人間のように大胆にふるまうことができるなら、敢えてこう予測したかもしれない。おそらく神様ご自身も、ポスニコフのうちにお創りになったやさしい心情のなせるふるまいに満足なさったであろうと。だが私の信仰心は乏しく、かかる大それたことを見通す力はわが頭脳には与えられていない。私はあくまでも地上的な生身の人間だ。私が考えているのは、ただ善ゆえに善を愛し、善行への褒賞をまったく期待しない人びとのことである。そうした実直で頼りになる人たちも、必ずや私の語る実話に登場した謙虚な主人公の神聖なる愛の発露に、そしてそれに劣らず神聖なる忍耐に大いに満足するに違いあるまいと私には思われる。

（岩浅武久訳）

自然の声

第一章

著名な従軍作家で、故バリャチンスキイ元帥[*1]に長く随行していたロスチスラフ・アンドレーエヴィチ・ファジェーエフ将軍[*2]が、こんな愉快な出来事を私に話してくれた。カフカースからペテルブルグへ赴《おもむ》く途中のこと、バリャチンスキイ公爵は気分が悪くなり医者を呼んだ。私が間違っていなければ、それはたしかテミル・ハン・シューラ[*3]での出来事だった。医者の診断によると、元帥の容態にまったく危険はなく、ただ疲れが出ただけだが、一日、馬車の旅で揺られずに、静養する必要があるとのことだった。

＊1　一八五六年から六二年にかけてカフカース独立軍団（のちカフカース軍）総司令官、カフカース総督。公爵。
＊2　ロシアの戦争史家、社会評論家。少将。一八五九年から六四年にかけてカフカース総督付。
＊3　ロシア南部ダゲスタン州（現・自治共和国）の都市ブイナクスクの現地名。

元帥は医者の言葉にしたがい、市内に泊まることに同意した。だが、ここの駅舎はひどい有様で、こんな場合は想定されていなかったため個室の用意もなかった。かかる高貴な客人を一晩どこにお泊めするかと、思わぬ騒ぎが持ち上がった。

みんながあたふたと駆けずり回るあいだに病気の元帥は駅舎に移され、とりあえず清潔なシーツで被《おお》っただけの汚れた長椅子に横になった。そうこうするうちにこのニュースは、言うまでもなく町中に広まり、武官たちは一刻も早く身支度を整えようと急ぎ、文官たちは長靴を磨き、もみあげを撫でつけ、駅舎の向かい側の舗道に群がった。ずらりと舗道に並び、元帥が窓際に現れないものかとじっと見守るのだった。

とつぜん、誰も予期しなかったことだが、一人の男がみんなを押し分けて飛び出し、シーツで被っただけの汚れた長椅子に元帥が寝ている駅舎にむかっていきなり駆け出し、大声を上げた。

「とても我慢できません。私の中に自然の声が湧きおこってきます！」

みんながその男を見て驚いた。なんとあつかましい奴だ！　この土地に住む者はみなこの男を知っていた。地位の高い人物ではなく、文官でも武官でもない、どこかの小さな主計倉庫か糧秣倉庫のしがない管理人にすぎないことを知っていた。官給の乾パンや靴底をねずみと一緒にかじり、そのやり口で、駅舎のちょうど向かい側に、中二階つきのこぎれいな木造家屋をかじり取った男なのだ。

その管理人が駅舎に駆けつけ、ぜひとも元帥にお取り次ぎくださいとファジェーエフ将軍に頼みこむ。

ファジェーエフも他のみんなも、男に思いとどまらせようとした。

「どうしてまた。まったく呼んでもいないし、今は役人との面会の予定もない。元帥はお疲れになったので、ほんの短時間、休養をとるためにお立ち寄りになっただけだ。ひと休みなさったら、すぐにまたお発《た》ちになるのだ」

だが主計管理人は聞きいれようとせず、さらに熱くなって、ぜひとも公爵にお取り次ぎいただきたいと懇願する。

「私が来たのは地位や名誉のためではありません。おっしゃるとおり、自分からこちらへまいったのです。務めではなく公爵への感謝の気持からでございます。私はこの世のすべてに、また今の平穏な暮らしのすべてに公爵のご恩を受けており、その感謝の気持から、自然の声が心に告げるままに、ご恩のお返しをしたいのです」

「自然がそなたに命じるご恩返しとは何のことか」と問われると、管理人は答える。

「自然の言うご恩返しとはこういうことです。この不潔な駅舎では公爵はよくお休みになれません。ここのすぐ向かいに私どもの家がございます。中二階のある家ですが、家内はドイツ人の家系で、家は清潔この上なく保たれております。公爵にも将軍にもお使いいただける部屋が中二階にあり、明るく清潔で、どの窓にもレースのついた白いカーテンがかかっておりますし、清潔な寝台に薄いリンネルのシーツを敷いております。公爵を自分の父親のように、心をこめてお迎えしたく存じます。私はこの世のすべてにおいて公爵のご恩を受けていますから。お取り次ぎいただくまでここを動きません」

管理人が執拗に言い張り立ち去ろうとしないので、別の部屋でそれを聞いていた元帥はたずねた。

「この騒ぎは何ごとか？　報告してくれぬか、何の話をしておるのかね？」

そこでファジェーエフはすべてを報告した。すると公爵は肩をすくめて言う。

「あの男が何者か、わしにどんな恩を受けたというのか、まったく記憶にない。だが男が勧める部屋を見てくれないか。もしその部屋がこのあばら家よりましなら、招待を受けて世話賃を払うことにしよう。いくら欲しがっておる？」

ファジェーエフは主計管理人の中二階を見に行き、報告する。

「部屋はとても静かで、この上なく清潔です。が、世話賃に関してはあるじは耳を貸そうともしません」

「それはまた、一体なぜか？」と元帥がたずねる。

「『自分は公爵に多くの恩義があり、自然の声の言うままに、公爵にご恩返しをさせていただきたいのです。もし支払いをお望みなら家の扉を開くことはできません』と男は言っております」

バリャチンスキイ公爵は笑い出し、その管理人を褒めて言った。

「それにしても、なかなか気骨のある立派な男じゃないか。わが国ではめったに見かけなくなったが、わしはこうした人物が好きだ。わしにどんな恩義があるというのか今は思い出せないが、男の家に移るとしよう。手を貸してくれたまえ、ここを出よう」

第三章

通りを横切り……そして家に向かうと、もうくぐり戸のそばに管理人が立ち、元帥を出迎えている。ポマードで髪をなでつけ、外套のボタンを残らず嵌めて、この上なくうれしそうな顔つきをしている。公爵が周囲を見回すと、すべてが清潔で明るい光に満ち、柵の中の草木は生き生きして、バラが満開だ。

公爵も明るい気分になった。

そこでたずねた。

「名は何と言う?」

あるじは答えて、フィリップ・フィリップィチ・フィリッポフとかいうような名前を口にした。

公爵は続けて言う。

「じつにいいところだな、フィリップ・フィリップィチ、気に入ったぞ。ただひとつどうしても思い出せないのだが、いつ、どこでお前に会ったのかな、お前にどんなことをしてやった?」

するとと管理人は答える。

「公爵様がお会いくださいましたのは本当です。いつのことかお忘れだとしても、あとでお分かりになりましょう」

「なぜ、あとでかな。わしは今お前のことを思い出したいのだ」

だが管理人は言おうとはしなかった。

「公爵様、お許しください。ご自分で思い出されないのであれば、私からはお話しいたしません。自然の声がお話しするでしょう」

「わけのわからぬ話だ！《自然の声》とは何のことだ、なぜお前は自分で言おうとしないのか?」

管理人は「やはり申しません」と言い、目を伏せた。

そうこうするうちに中二階に着いた。ここはさらに清潔で、きれいに片づいている。床はすみずみまで石鹸で洗われ、トクサで磨かれている。ほこりひとつない階段の中央に上から下まで白い絨毯が敷かれ、客間にはソファが置かれている。ソファの前の丸テーブルには水を湛えた艶やかな陶器の大きな水差しが置かれ、そこにはバラと菫《すみれ》の花束。その先の寝室へ行くと、ベッドの上方にトルコ製の絨毯が掛けられ、ここの小卓にもきれいな水を入れたガラスの水差しとコップがあり、花束も飾られている。別の小卓にはペンとインク、便箋と封筒、封蠟と封印まで用意されている。

元帥はすべてを一瞥して、そこがとても気に入った。

「フィリップ・フィリップフィチ、どうやらお前は、やるべきことをしっかりとわきまえたご仁のようだ。たしかにどこかで会った気もするが、思い出せないな」

管理人はただ笑みを浮かべて言う。

「どうぞご心配なく。自然の声を通して、すべてお分かりくださるでしょう」

バリャチンスキイ元帥は笑って言う。

「なあ、お前、こうなったらお前はもうフィリップ・フィリッポヴィチ*ではなく、《自然の声》そのものだな」そしてこの男への興味をさらに深めた。

第四章

公爵は清潔な寝具の中に身を横たえ、手足をのばすと、とてもよい気持になり、すぐに寝入ってしまった。一時間後に快適な気分で目を覚ますと、もう目の前につめたく冷やしたサクランボのシャーベットが置いてあり、お召し上がりくださいとあるじ自らすすめる。

「公爵様、医者の薬をあてになさってはいけません。私どものところでは自然こそ薬、それに大気をたっぷり吸うのが一番です」

＊フィリッポヴィチはフィリップフィチの正式な言い方。

公爵は愉快そうに答えて言う。「たしかにそのとおりだろうな。じつを言うと、お前の家で熟睡したものの、いまいましいことに夢の中でもずっと考えておった。一体どこでお前に会ったのか、それとも一度も会ったことはないのかと」

するとと男は答える。

「いえ、公爵様は私にちゃんとお会いくださいました。ただ、まったく違った自然の中でしたから、今はお気づきにならないのです」

公爵が言う。

「まあ、そういうことにしておこう。だが今ここには、お前とわしのほかは誰もいない。隣の部屋に誰かがいるなら、みんな追い出して、階段に立たせておけばよい。包み隠さず正直に言うのだ、お前が何者で、どんな罪深い秘密をもっているのかを。わしは赦免を願い出てやると約束できる。約束はちゃんと守る、わしはまぎれもなく公爵バリャチンスキイだからな」

だが管理人はにこりと笑みさえ浮かべて答えた、自分にはこれっぽっちも罪深い秘密などはないし、これまでもありません、ただ公爵ご自身が物忘れのせいでばつの悪い思いをなさってはいけないと思いまして。

「まあ、よろしゅうございます」と男は言う。「公爵様のご親切はいつも忘れず、お祈りのたびに思い出しております。陛下と陛下のご家族はみな、一度でも会って心にとめた者のことは生涯覚えておいでです。ですから私のことを思い出していただくような言葉は、今は何も申し上げませんが、そのうち、すべてはっきりと自然の声で明らかにいたします。そのとき思い出していただけるでしょう」

「自然の声ですべて明らかにするとは、一体どんな手だてをもっておるのか？」

「自然の声にはあらゆる手だてがございます」と答える。

公爵はこの変わり者に笑顔を向けて言う。

「お前の言うことはもっともだ。忘れるのはよくないことだな。陛下と陛下のご家族はおどろくほど記憶がよいが、わしは物覚えが悪い。無理強いはするまい、好きなようにするがよい。だが自然の声とやらでお前はいつ明らかにしてくれるのかな。と言うのも、わしはもうお前の家でじつに気持よく休ませてもらったから、深夜を過ぎたら、涼しいうちに出発したいのだ。そこでお前に聞きたいのだが、わしを休ませてくれた礼に、どんな褒美を与えたものかな。それはわしのしきたりだから」

管理人が答える。

「深夜までには自然の声で何もかも公爵様にお示しできましょう。ただご褒美をお考えくださるのなら、私が思うこの上なく高価なものをお断りにならないでください」

「よかろう、約束しよう、お前が願うことは何でもかなえてやろう。だが無理なことを言うのではないぞ」

管理人は答える。

「ご無理なことなどお願いするつもりはございません。私のたってのお願いと申しますのは、公爵様がご愛顧を示して、階下の私どもの住まいにお越しくださり、私どもと一緒に食卓に着いて何か召し上がってくださること、あるいは、ただ食卓に着いてくださるだけでも結構です。と申しますのは、私が公爵様のお慈悲でアマリヤ・イワーノヴナと結婚して二十五年が経ち、今日、銀婚式を迎えましたので。食事は夜の十時過ぎになりますから、夜中の零時にはお望みどおり、涼しいうちに滞りなくお発ちいただけます」

公爵は同意して約束した。だがそれでもやはり、どうにも思い出せない。どういうことなのか、この男はどこの誰なのか、どういういきさつで二十五年前に私の慈悲とやらで、アマリヤ・イワーノヴナと結婚したのか？

「わしはむしろ喜んで、この変わり者のところへ夕食に行こう」と公爵が言った。「男のことがひどく気にかかるからな。それにじつを言うと、わしは自分でも何か思い出せそうな気がするのだ、この男のことか、アマリヤ・イワーノヴナのことで。だが実際にどんなことだったのか思い出せないのだ。まあ自然の声を待つとしよう！」

第五章

夕方近くには元帥はすっかり元気になり、ファジェーエフ将軍と一緒に散歩に出かけ、街を見物して夕焼けを楽しむほどだった。そのあと十時に男の家に帰ると、待ち受けていたあるじが、どうぞ食卓へと請う。

公爵は言う。

「ああ喜んで。すぐに行く」

ファジェーエフは「それは願ってもないこと。ちょうど散歩のあと空腹をおぼえたところで、アマリヤ・イワーノヴナがたっぷりこしらえてくれた料理をぜひとも平らげたい」とふざけて言った。

ただバリャチンスキイが心配したのは、あるじが自分を主賓席につかせて、やたらとシャンパンを注ぎ、ご馳走ぜめにするのではないかということだった。だがそんな心配はまったく無用だった。管理人は食卓でも、これまで公爵が彼の家で過ごした時と同じように節度あるふるまいを見せた。

用意されていた料理は洒落《しゃれ》ていたが、あっさりしたものだった。居間は広々としていた。食器類は小ぎれいだが派手ではない。みごとなフランス製の黒い鋳鉄の燭台が二つ置かれ、それぞれに七本ずつ蠟燭が点されていた。ワインは上質だが、すべて地元のワイン。その間に手書きのラベルが貼られた丸胴の小壜が並んでいる。キイチゴ、サクランボ、スグリなど、さまざまな種類の美味しい果実酒やジュースだ。

あるじは客人たちを席に着かせたが、ここでも機転をきかせた。公爵をテーブルの端の主賓席に案内するのではなく、公爵が座りたいと思う席に、つまり公爵の副官と美しい妙齢の婦人の間に座らせた。元帥が心置きなく話せる相手がそばにおり、また美しい女性を相手にお世辞のひとつも言えるようにである。公爵はすぐに婦人との会話に夢中になった。彼女がどこの出身で、どこで育ち、こんな僻地の田舎町でどんな楽しみを見出しているのか知りたくなった。

婦人は公爵の問いに対して、何のためらいも気取りも見せずに、一番の趣味といえば読書ですかしらと明かした。

どんな本を読んでいるかと公爵が聞く。

ポール・ド・コック[*1]の小説ですと婦人は答える。

公爵は笑いだした。

「あれは愉快な作家だ」と言い、「とくに何を、どんな作品を？」とたずねる。

「『菓子屋』とか『口髭』とか『妹アンナ』などですわ」

「ロシアの作家はお読みにならんのですか？」

「ええ、読みません」と言う。

「どうしてまた？」

「社交界の話が少ないんですもの」

「社交界の話がお好きかな？」

「ええ」

「一体どうして？」

「自分たちの暮らしのことは知りつくしていますから。あちらの方が面白いですわ」

さらに婦人は、自分には社交界を題材とした小説を書いている弟がいると話す。

「それは面白い！」と公爵は言った。「弟さんが書いているものを少し見せてもらえんかな？」

「よろしゅうございます」と婦人は答え、ちょっとその場を立ち、小さなノートを持ってきた。バリャチンスキイは最初のページを読んだだけで、すっかり上機嫌になり、それをファジェーエフに渡した。

「まあ見てごらん。達者な書き出しじゃないか！」

ファジェーエフは社交界小説の冒頭の数行に目を通し、やはり愉快になった。小説はこんな書き出しだった。《私は社交界の人間なので、十二時に起床し、朝のお茶は家では摂らず、あちこちのレストランへ出かける》

「見事だろう？」とバリャチンスキイが聞く。

「実にいいですね」とファジェーエフが答える。

みんなが陽気になったところで、あるじは立ち上がり、ツィムリャンスコエ発泡酒[*2]のグラスを掲げて言う。

「公爵様、公爵様のお許しを得て、私にとって大切なこの日に、私が何者であり、どこの出身であ

＊1　十九世紀のフランスの作家。ユーモアに富んだ風俗小説、戯曲で大流行し、ロシア、ヨーロッパ諸国でも広く読まれた。
＊2　ドン川にのぞむコサック村ツィムリャンスカヤ産の発泡酒。

るか、また私がつつがなく暮らしているのは、そもそもどなたのおかげであるかを説明させていただきたいと思います。それは皆様にとっても私にとっても喜ばしいことと存じます。ただ私は貧しくて満足な教育を受けておりませんので、人間の声による味気ない言葉ではお話しいたしかねます。わが本性の掟にしたがい、皆様の前でおごそかに自然の声に語らせることをお許しください!」

今度は元帥自身がまごつく番だった。元帥はひどく取り乱し、まるでナプキンでも拾おうとするかのように身をかがめて、呟く。

「この男が何を言いたいのか、まったくわからん。いったい何の許可をもとめておるのか?」

隣席の婦人がささやいて言う。

「ご心配はいりません、お許しなさいませ。フィリップ・フィリッポヴィチは悪いことを思いついたりはしませんわ」

公爵は考える。《よし、いちかばちか、声を上げさせてみよう!》

「わしは、ほかの皆さんと同じ客人のひとりで、あるじはそなただ。思うとおりにやりたまえ」

「皆様に、そして公爵様に感謝申し上げます」と管理人は答える。そしてアマリヤ・イワーノヴナに合図して言う。「妻よ、お前がよく知っているものを、自分の手で持っておいで」

第六章

アマリヤ・イワーノヴナは居間を出て、ぴかぴかに磨かれた大きな銅製のホルンを手にして戻り、夫に渡した。夫がホルンを取って口に当てると、その瞬間に姿が一変した。頬をふくらませて、ひと吹きホルンの音を響かせたとたんに元帥が叫んだ。

「わかった、やっとお前がわかったぞ。お前は狙撃兵連隊の楽士だ。正直さを見込んで、ペテン師の主計官を見張るように、わしが派遣した男だ」

「公爵様、そのとおりでございます」とあるじは答えた。「私は自分でご記憶を呼び戻すつもりはありませんでしたが、ほかならぬ自然の声が公爵様のご記憶を呼び戻してくれました」

公爵は彼を抱擁して言った。

「皆さん、一緒に乾杯しよう、この正直者のために！」

そして皆で盛大に乾杯した。元帥はすっかり元気を取り戻し、この上なく愉快な気分で出立した。

（岩浅武久 訳）

ジャンリス夫人の霊魂　ある降霊事件

霊魂を呼び出すのは、時として、その憑《つ》きをおとすよりはるかに容易である。

A・B・カルメ＊

第一章

　これからわたしが物語ろうとする奇妙な出来事が起きたのは数年前のことであるが、今ではもう他聞をはばかることもあるまい。個人の名前は一切明らかにしないことにしたから尚更である。

　一八六×年の冬のこと、極めて裕福で家柄の高いある一家が、ペテルブルグへ移り住んできた。この家族は三人から成っていて、中年の淑女で公爵夫人の肩書をもつ母親は、洗練された教養を身につけロシアの内外の社交界に強力な縁故をもつ女性として知られていた。その息子の若者はこの年に外交官として第一歩を踏み出したところ、娘の公爵令嬢は数えで十七歳になったばかりであっ

＊オギュスタン・カルメ。ベネディクト派修道会に属した神学者（一六七二－一七五七）。

た。

　新来の家族はこれまで、概して外国暮らしをしてきた。ヨーロッパのある小国の宮廷でロシア帝国を代表する地位を占めていたのである。若い公爵と公爵令嬢が生まれて育ったのも異郷であり、そこで完全に外国式とはいうものの、すこぶる周到な教育を受けていた。

第二章

　公爵夫人は身持ちのごく堅固な女性で、当然ながら社交界で一点の非のうちどころもない評判をかち得ていた。その考え方と趣味の点では、フランスで女性の知性と才能が開花した時代にまさにその知性と才能で名をはせた女性たちの見解にしたがっていた。彼女は非常な読書家と見なされていて、しかも選り好みが大層厳格であると噂されていた。最もお気に入りの読みものは、セヴィニェ夫人、ラファイエット夫人、マントノン夫人、それにケリュス夫人、ダンゴ、クーランジュら[*1]の書簡集であったが、誰にもまして尊敬していたのはジャンリス夫人[*2]で、彼女に対する好みはもはや崇拝の域に達していた。パリでみごとに印刷されたこの賢明な閨《けい》秀作家の小型本作品集は空色のモロッコ革で落ち着いた優雅な装幀をほどこされて、公爵夫人が好んですわる大きな肘かけ椅子の真上につくりつけられた美しいちがい棚にかならず並べられていた。このちがい棚の最下段の真珠の象眼の上には、黒ビロードのクッションから垂れさがる形で、テラコッタで立派に造形されたミニアチュールの手が安置されていた。この手はかのヴォルテールがフェルネ隠棲中に何度か接吻したものだったが、のちにこの手の持主が自分に対して、デリケートながら辛辣な批判の最初の矢を見舞うことになろうとは予想もしてなかったのだった。この小さな手で書かれた作品集の小型本を公爵夫人が何回読み返したかわたしは知らないが、その本はいつも彼女の座右にあって、彼女にとって特別な、いわば神秘的な意義をもっていると夫人は公言していた。もっとも、その意義を会う人ごとに吹聴しようとしなかったのは、皆が皆その話を信じられるわけではなかったからであった。夫人の語るところによると、《物心がついてこの方》彼女はこれらの書物をいっぺんたりとも手ばなしたことがなく、墓の中までもっていくことになっていた。

「息子にはもう頼んでありましてね」と夫人は言うのだった。「柩の中のわたくしの枕の下に入れてもらいますの。死んでからもきっと役に立ってくれると思っておりますから」

わたしは彼女の言葉の後段についてごく遠まわしでもいいから説明をうかがいたいという希望を慎重に表明して、その答えを聞くことができた。

「この小さな本たちにはフェリシテの霊がこもっていますの（夫人はジャンリス夫人をこう呼んだ。おそらく親しい交わりを示してのことであろう）。それにわたくしは人間の霊魂の不滅を信じて疑わ

＊1　十七世紀に小説、日記、書簡などで名をはせたフランスの才女たち。

＊2　ステファニ・フェリシテ・ジャンリス（一七四六－一八三〇）。オルレアン公フィリープの子供たちの家庭教師をつとめる。小説や教育に関するおびただしい著述をのこした。

ないものですから、霊との交わりを必要とし、それを尊重する者に対しては、柩の中から霊魂が自由自在に働きかけられるということを確信しています。フェリシテのデリケートな霊気は、彼女の思想が安らかに憩っている紙葉をつつむ仕合わせなモロッコ革の下に、さだめし心地よい居場所を選んだにちがいありませんわ。もしあなたが根っからの無神論者などでなかったら、きっとおわかりくださるでしょうね」

わたしはだまって頭をさげた。どうやらわたしが異議を唱えなかったことが公爵夫人の気に入ったらしく、夫人はそのご褒美として、更にこうつけ加えた。すなわち、今自分が語ったことは単に個人的な信念であるにとどまらず、確固不動の確信であり、確実な根拠もそなわっていて、いかなる力といえどもそれをゆるがすことはできない、というのである。

「それと申しますのも」と夫人は結論した。「わたくしにはフェリシテの霊が生きている、まさしくここに生きている、という無数の証拠があるからですの」

そう言い切ったとき公爵夫人は片手を頭の上にあげ、例の空色の書物が並んでいるちがい棚を優雅な手つきで指さしたのだった。

第三章

わたしには生来やや迷信家の気味があって、幾分でも神秘的なところのある物語を聞くのが好きである。多分そのためであろう、慧眼な批評家諸君はわたしをさまざまな好ましからぬカテゴリーに分類したあげく、一度などわたしを降霊術者呼ばわりしたことがあった。

その上ついでに言っておけば、われわれが今話題にしている事件が起こったのは、外国から心霊術現象に関する情報がロシアへ豊富にもたらされた時期にあたっていた。その種の情報は当時世間の好奇心を呼びおこしたが、わたしもまた世人が信じはじめたものに興味をいだいてはいけないという理由を見出せなかったのである。

公爵夫人が語った《無数の証拠》は、彼女からそれこそ何十回となく耳にすることができた。その証拠というのは、要するに、ずっと以前から公爵夫人には喜怒哀楽さまざまな気分のときに、あたかもご神託でもうかがうように、ジャンリス夫人の著述を手にとる習慣がついていたが、そのたびに決まって例の空色の書物は夫人の問いかけに対して理にかなった答えを与える能力を発揮したということであった。

公爵夫人の言うところによると、このことは夫人のいつにかわからぬ《習癖《アビチュード》》になっていて、本の中に住んでいる《霊》のほうも決して夫人に不適切な答を返したことがなかったのである。

わたしはこの相手が心霊術の確固たる信奉者であり、しかも知性や経験や教養の点で何一つ欠けたところがないとわかるに及んで、夫人をめぐる事態の全体に異常なほど興味をかきたてられた。

わたしはすでに霊魂のもつ二、三の特質を心得ており、自分がたまたま目撃者となった場合などには、すべての霊に共通するある奇妙な性質に驚かされるのが常であった。それは柩からあらわれた霊魂の振舞いが生前の態度よりはるかに軽はずみなこと、はっきり言ってしまえば、はるかに愚かしいことという点であった。

わたしはすでに《いたずら好きな霊》もいるというカルデック[*1]の説は承知していた。そして今や、シュレリ侯爵夫人兼ブリュスラル伯爵夫人の肩書きをもつ才気あふれるジャンリス夫人の霊がわたしの眼前でどのように振舞ってくださるか興味津々だったのである。

好機はまもなく到来した。けれども短い物語では小世帯におけると同様、物事の順序をみだすわけにはいかない。あらゆる想像を絶した超自然的な瞬間まで話をすすめるまえに、なお一分間だけご辛抱をねがいたい。

第四章

公爵夫人のまわりにつくられていた少数ながらも選りすぐりの人びとからなるサークルは、多分、夫人の奇妙な習癖を知っていたにちがいない。けれども彼らは教養が高く礼儀正しい人びとであったから、たとえそれが自分の信仰とひどくかけはなれていて、批判に堪えないものであったとしても、他人の信仰はそれとして尊重する術《すべ》を心得ていた。したがって、誰ひとりこの問題について公爵夫人と争うことは決してなかった。公爵夫人の親友たちにしてみれば、まさか夫人が文字どおりの直接的な意味で空色の書物がその著者の《霊》の在り処《か》であると考えているなどとは信じておらず、夫人の言葉を修辞学的な比喩と受けとっていたことであろう。あるいはもっと単純に、すべてを夫人の冗談と受け流していたのかもしれない。

物事をそのような角度から見ることができなかったのは、残念ながらわたし一人であった。それには自分なりの根拠もあったのだが、もとをただせば、それも感じ易い上に馬鹿正直というわたしのもって生まれた性格に起因しているのかもしれない。

第五章

この上流社会の貴婦人が格式の高い邸宅の門をわたしのために開いてくれたのには、三つの理由があった。すなわち第一に、『ロシア報知』誌に掲載されたばかりのわたしの小説『封印された天使』がどういうわけか夫人の御意にかなったこと、第二に、わが善良なる文学上の同僚たちが、むろんわたしの思い違いや誤りを正そうと望んでの上で、長年にわたって限りなくわたしに加えてきたきびしい迫害に夫人が興味を抱いたこと、そして第三に、ロシア人ながらイエズス会員であるすこぶる親切なガガーリン公爵[*2]がパリでわたしを好意的に夫人に紹介してくれたこと、の三つである。わ

＊1　本名はレオン・リヴァイユ（一八〇三―一八六九）。フランスの作家で、降霊術についての著述もある。
＊2　イワン・セルゲーヴィチ・ガガーリン（一八一四―一八八二）は古い家柄のロシアの貴族で、はじめ外交官であったが、カトリックに改宗してイエズス会にはいる。

たしはこの老公爵とはずいぶん語り合う機会に恵まれ、先方からそう悪く思われていなかったのである。

最後の理由はとりわけ重要であった。というのも公爵夫人はわたしの考え方や気質に関心を寄せていたからである。夫人はわたしのささやかな奉仕を必要としていた。あるいは少なくとも、その必要があると思いこんでいた。わたしのような微賤な者が、と不思議に思われるかもしれないが、それは事実であった。この必要を生ぜしめたのは、ロシア語をほとんど全く知らない娘に対する母親としての気づかいであった……魅力あふれる少女を祖国に連れてくるにあたって母親は、この令嬢に幾分なりともロシア文学——言うまでもなく、すぐれた文学、つまり《時事問題》に汚染されていない本物の文学について教えてくれる人物を求めていたのだった。

《時事問題》について夫人の抱いている考えはごく漠然としていて、しかも針小棒大の傾きがあった。彼女が現代ロシア思想界の大立者たちの何を恐れているのか——彼らの強さや果断をか、それとも弱さやあわれむべき自惚《うぬぼ》れか——はかなり理解しにくいことだった。けれども帰納法と憶測の助けを借りて夫人自身の考え方の《頭と尻尾》を何とかつかまえようと努力を重ねるうち、わたしは多分これで間違いないと思われる次のような結論に到達した。すなわち、夫人が何よりはっきりと恐れているのは、《猥せつなほのめかし》であった。慎みを欠いた現代の文学はこの種のほのめかしによってすっかり堕落してしまった、と夫人は考えていたのである。

夫人の考え方を変えさせようとするのは、無駄なことだった。なぜなら、彼女はもう考え方がかたまってしまう年齢であり、そんな年頃になってから自分の考えを改めたり見なおしたりすることができる者はごく稀にしかいないからである。もちろん夫人はその種の稀な存在ではなかった。夫人がもっている確信を失わせるには並みの人間の言葉では不充分で、それができるのはわざわざその目的のために地獄あるいは天国からやってくる霊魂だけだったにちがいない。しかし、誰も知らぬ世界からやってくる肉体なき霊魂がこのような些細なことにかかずらってくれるであろうか。生きている人間さえ圧倒的大部分が下らぬ人間の下らぬ仕事とみなしている文学などというものについて、今問題にしているような論争や配慮は、霊魂にとってやはり些末にすぎるのではないか。

だが、こんな風に理屈をたてたわたしがひどい誤りを犯していたことは、まもなくさまざまな事情から判明した。文学的な錯誤を犯しやすい性癖は、すぐにわかるように、あの世へいっても文学者の霊魂からはなれないのである。これらの霊がどの程度まで成功を収めているか、どの程度までみずからの文学上の過去に忠実であるかを、まもなく読者は判定することになろう。

第六章

公爵夫人が何ごとにまれ厳密に組み立てられた見解をもっていたおかげで、夫人が若い公爵令嬢のために文学作品を選択するのを助けるというわたしの仕事には、あいまいな点が少しもなかった。令嬢がこの読書からロシアの生活について知識を得ることが要求されたが、その際、処女の耳を当惑させる可能性のあるものは避けなければならなかった。母親としての公爵夫人の検閲を無条件で通った著者は一人もいなかった。デルジャーヴィンやジュコフスキイですら駄目だった。二人とも夫人にとっては完全に安心できる詩人とは思えなかった。ゴーゴリについては、むろん言うまでもなかった。彼は完全に放逐された。プーシキンの作品は『大尉の娘』と『エヴゲーニイ・オネーギン』が許されたが、後者では公爵夫人がじきじきにしるしをつけて削除された個所がかなりあった。ゴーゴリ同様、レールモントフは含めてもらえなかった。最近の作家のなかで認められたのはツルゲーネフ一人きりで、それとて、《愛が語られている》個所は除かれた。ゴンチャロフは追放され、わたしがずいぶん大胆に弁護したものの、その甲斐もなく、夫人はこう言った。

「彼が大芸術家なことは知っています。けれども、それが余計いけないのです。彼には煽情的主題があることをお認めにならなければいけません」

第七章

夫人がゴンチャロフの作品に見出した煽情的主題とは一体何を意味するのか、わたしは是非とも知りたいと思った。人間そのものや人間をおそう激情に対してあれほど穏和な態度をとりつづけたゴンチャロフが誰にせよ他人の感情を傷つけることなどできたのだろうか?

わたしは好奇心に駆られるあまり、勇を鼓して、ゴンチャロフにどんな煽情的主題があるか単刀直入に夫人にたずねてみた。

この率直な質問に対してわたしが受けとった答えも、同じように率直なものであった。それはするどいささやき声でたったひと言、《肘》であった。

わたしは前後を聞きもらしたが、聞きちがえたのではないかと思った。

「肘よ、肘ですよ」と公爵夫人は繰り返し、それでもわたしが腑におちかねる様子をしていると、怒ったように言った。「おぼえていらっしゃいませんの？　何ていいましたっけ、ほら主人公がどこかで……自分のその……下々の女性のむき出しの肘に見とれるところがあったじゃありませんか？」

今度はもちろん『オブローモフ』の中の有名な一場面を思い出したが、わたしは答える言葉が見出せなかった。実際、公爵夫人の信念を変えることなど思いもよらず、夫人と言い争う必要も興味ももち合わせなかったので、わたしとしても黙っているに越したことはなかった。その代わり、実を言えば、夫人のためにあれこれ助言したり忠告したりする以上の熱意をもって、わたしは夫人を観察していたのである。それに、夫人が《肘》をもって猥せつな表現と考えているときに、どんな助言をすることができたであろう。露骨な表現という点では、あらゆる現代文学は比べようがないほど進んでしまったからである。

こういうことをすべて心得た上で、美の覆いが決定的にひきはがされてしまっている最近の作品を一つでも名ざすことは、大いに勇気の要ることであった！

わたしは事情がこのように判明した上では、助言者としての役割はすでに終わったと思い、助言はせずに異を唱えようと決心した。

「公爵夫人」とわたしは言った。「奥さまは公平を欠いていらっしゃるのではありませんか。文学に対するご要求が過大のように思われるのですが」

わたしはこの件に関して自分が考えていることをのこらず夫人に開陳した。

第八章

話に熱がこもって、わたしは見せかけの上品ぶりを徹底的に批判しただけでなく、あるフランスの貴婦人についての有名な逸話を引用した。この貴婦人というのは《短袴《キュロット》》という言葉を文字で書くことも口に出すこともできないでいたが、あるときお后《きさき》の前でどうしてもこの言葉を発音せざるを得ない羽目におちいり、口ごもったためにかえって満場の爆笑をさそってしまったのだった。ただわたしはこの宮廷の椿事《ちんじ》をどのフランス人作家の作品で読んだか思い出せなかった。もしもくだんの貴婦人が、平素后ご自身いとやんごとなき唇をもって発音されているように、ごく普通に《ズボン》と言っていれば、この椿事はそもそも起こらなかったことであろう。

過度のはにかみはかえって謙遜を損なうもので、したがって読むべき本を選ぶことは無用である、ということを示すのがわたしの目的であった。

ところが実に驚いたことに、わたしの言うことを聞きおわった公爵夫人は、少しも不機嫌そうな様子を見せず、またその場から立ち上がろうともしないで、頭の上に手をあげ、空色の書物のうちの一冊を抜き取った。

「あなたには論拠がおありでしょうが、わたしにはご託宣がありますわ」

「それではぜひお聞きしたいものです」

「お待たせはしませんわ。わたくしジャンリスの霊を呼んでいるところですの。霊があなたにお答えするでしょう。この本を開いてお読みください」

「どこを読むのかおしえていただけませんか?」とわたしは本を受けとりながらたずねた。

「おしえるですって? ここはわたしの出る幕ではありませんの。霊があなたにおしえてくれるでしょう。どこでもいいから、勝手に開いてごらんなさい」

わたしは少し滑稽になってきた。相手の夫人のために何だかはずかしいような気がした。しかし夫人の望むとおりにして、開いたページの最初の文字に目をおとした途端、わたしは腹立たしいような驚きをおぼえた。

「びっくりされましたか?」

「ええ」

「こんなことが、もう何回も何回もありましたわ。お願いですから、お読みになって」

《読書はその結果においてきわめて重要かつ深刻な作業であるので、書物の選択にさいしては、若い人々の趣味をよく導いてやらねばならない。青年が好む読書があるが、それは彼らを無頓着にし、軽薄へと向かわせやすい。いったん軽薄に流れてしまったら、その性格を矯正することは困難である。私は経験によってこのことを悟った》。わたしはここまで読んで、息をついた。

公爵夫人はほほえみながら両手を左右にひろげ、勝ちましたよという優雅な仕草をしながら言った。

「ラテン語なら、dixi（よってくだんの如し）とでもいうのでしょうか」

「そのとおりです」

それからというもの、わたしたちはもう論争することはなかった。しかし公爵夫人はときおりわたしのいるところで、いかにも満足げにロシアの作家たちの無教養ぶりを口にすることがあった。彼らの作品は《あらかじめ目を通しておかなければ、決して声に出して読めない》というのが夫人の意見であった。

ジャンリス夫人の《霊》について、わたしはむろん深くは考えなかった。この種のことは、耳にタコができるほど聞かされていたからである。

けれども《霊魂》は実際に生きており、活動していた。のみならず、こともあろうにそれはわれわれの味方、すなわち文学の側についていた。その《霊》の中の文学的性格が無味乾燥な屁理屈に対して勝利を収めたのである。礼節の点で非の打ちどころのないジャンリス夫人の《霊》が不意にdu fond du coeur（心の奥から）心底を吐露して、厳格なサロンで児戯に類した事件を出来《しゅったい》させ（この言葉が最もふさわしい）、深刻な悲喜劇の要素を含んだ結果をひきおこしたのだった。

第十章

公爵夫人の家には週に一度、夕方になると《三人の友》がお茶に集まることになっていた。いずれも高い社会的地位をもった立派な人びとであった。三人のうち二人は元老院議員で、もう一人は外交官だった。もちろん、トランプ遊びなどはせず、会話を楽しむのが常だった。

話をするのは普通年長者たち、つまり公爵夫人と《三人の友》で、わたしと若い公爵、それに公爵令嬢が口をさしはさむことは滅多になかった。われわれはどちらかと言えば学ぶ側だったが、年長者たちの名誉のために言っておくならば、彼らには学ぶだけの価値があった。とりわけ外交官の話は面白く、彼のするどい発言はよくわれわれを驚嘆させた。

なぜかわからないけれど、外交官はわたしに好意をもってくれていた。もっとも本質的には、わたしを他の仲間よりすぐれていると認めていたわけではなく、《文学者というものは》そろいもそろって《一つ穴のムジナ》と彼の目に映じていたことも事実である。冗談まじりに、彼は《蛇のうちの最良のものもやはり蛇である》と言っていた。

次に並べる恐ろしい事件のきっかけとなったのは、まさに彼のこの見解であった。

第十一章

およそ友人というものに対してあくまで誠実な態度をつらぬく質《たち》の公爵夫人は、外交官のこの一般的な定義がジャンリス夫人と、この閨秀作家が庇護した才女グループにまであてはめられることを望まなかった。まもなくわれわれが尊敬すべき夫人のもとで静かに新年を迎えるべく集まったときのこと、真夜中まであと一時間ほどという頃合いになってまたいつもの話題に話が及び、ジャンリス夫人の名前がふたたびあげられると、外交官は《蛇のうちの最良のものもやはり蛇である》という自説を繰り返した。

「例外のない規則はございませんわ」と公爵夫人は言った。

外交官は誰がその例外にあたるか察しがついたので、口をつぐんだ。

公爵夫人は我慢しきれず、ジャンリス夫人の肖像の方を眺めて言った。

「あの方が蛇だなんて!」

しかし百戦錬磨の外交官は自分の意見をゆずらなかった。彼は目の前でそっと指をまわし、静かに微笑していた――彼は肉体も霊魂も信じなかったのである。

食いちがった意見に決着をつけるために、明らかに証拠が必要とされた。こういうときこそ、霊に呼びかける方法がおあつらえむきだった。

われわれの小さな集まりはそのような実験をこころみるのにふさわしい気分になっていた。そして女主人はまず自分の信念についてすでにわれわれの知っていることを述べてから、次のような実験を提案した。

「わたくし責任をもって申し上げますけれど、どんなにうるさい方でも、ジャンリスの書いたものの中には清純無比の娘が声を出して読めぬような個所を見出せないでしょう。すぐに試してみましょうよ」

夫人は最初のときと同じように、自分の肘掛椅子の上のちがい棚に手を差しのべ、無造作に一冊をひきぬいてから、娘の方を向いて言った。

「さあおまえ、本を開いて一ページ分読んでごらんなさい」

令嬢は言いつけに従った。

われわれはみな謹聴の姿勢をとった。

第十二章

もしある作家が物語の終わりに来て登場人物の外見を描写しはじめたならば、非難されても仕方ないであろう。けれどもわたしは、この小編の登場人物が誰ひとり身もとを知らぬように書いてきた。したがって誰の名前もあげなかったし、容貌も描かなかった。もっとも、公爵令嬢の容貌は、描写しようと思ってもわたしには描写できなかったであろう。というのは令嬢はどの点から見てもよく言う《天使の化身》としか言いようがなかったからである。彼女の完璧な清らかさと無邪気さについていえば、ハイネの詩で《修道僧とラビ》[*1]が争った神学上の難問の解決をゆだねることさえできそうに思われた。いかなる罪にもけがされたことのないこの魂のために代弁できるものがあるとすれば、それは俗世とすべての情念を超越した何ものか以外になかった。そしてまさにかかる無邪気さをそなえた令嬢が見事なフランス語の発音をひびかせながら、《目が弱くなった》ころのデュドファン夫人[*2]の老年時代についてのジャンリスの興味ぶかい回想を朗読した。その一節では、このフランスの閨秀作家に有名な著述家として紹介された太っちょのギボン[*3]のことが述べられていた。よく知られているように、ジャンリスはたちまち相手の正体を見抜き、この外国人の過大な名声に眩惑されたフランス人たちを辛らつに嘲笑したのだった。

《修道僧とラビ》のあいだの論争すら解決する力をそなえた公爵令嬢が朗読したのはフランス語の原文だったが、以下にわたしが引用するのはその原文の有名な翻訳である。

《ギボンは背が低く、極度に肥満していて、全く驚くべき容貌をしていた。その目鼻立ちのどの部分も見分けることは不可能だった。鼻も目も口も、全然見えなかった。何に似ているかは悪魔のみぞ知るぶよぶよに肥った両頬が、あらゆるものを呑みこんでいた……その頬のふくれ方たるや極端なもので、この世の最も大きな類ですら多少は心得ている釣り合いというものを完全に無視していた。この類を見た者は誰しも、なぜ身体のこの部分が場ちがいなところに置かれているか、驚いたにちがいない。もしもそんな言葉を口にしていいものなら、わたしはギボンの顔をたった一言《ひとこと》で表現しえたであろう。ギボンとごく親しかったロザンが、あるときデュドファンの家へ彼を連れてきた。デュドファン夫人はそのころもう盲《めしい》になっていて、著名人を初めて紹介されるとその顔を両手でさわってみる習慣になっていた。そのようにして彼女は新しい知人がどんな顔立ちをしているか正確に把握していたのである。ギボンに対してもこの触覚的方法が適用されたが、結果は恐るべきものであった。このイギリス人は肘掛椅子に近づき、特別な親切心を発揮して、かの驚くべき顔を夫人に近づけた。デュドファン夫人は両手を彼の方に差し出し、その球状の顔を指でなでまわした。彼女はどこかで指をとめようと一生懸命さがし求めたが、それは不可能だった。そこで盲目の貴婦人の顔にまず驚愕の色が浮かび、ついで憤激があらわれ、最後にはさもけがらわしそうに両手を引っこめて叫んだ。

＊1　ハイネの詩「宗論」のこと。フランシスコ派のカトリックの修道僧がユダヤ教の教師（ラビ）と、いずれの宗教の神が本物であるか争う。この論争は若くて美しいスペインの女王によって解決されることになっている。レスコフはこの修道僧をベルナルド派とまちがえている。
＊2　マリ・デュドファン（一六九九－一七八〇）。ヴォルテールや百科全書派との往復書簡で知られる。
＊3　エドワード・ギボン（一七三四－一七九四）。イギリスの歴史家。『ローマ帝国衰亡史』の著者。

「何ていやらしい冗談だこと！」》

第十三章

ここで朗読が終わりになったばかりでなく、友人たちの談話も、また待ちかまえていた新しい年の祝いも終わりをつげた。それというのも、本を閉じた若い令嬢が《デュドファン夫人には何と見えたのでしょう？》とたずねたとたん、公爵夫人の顔があまりにも恐ろしい形相を呈したので、娘は叫び声をあげ、両手で顔をおおって、一目散に別室へ駆けこんだからである。その部屋からはすでにヒステリーの発作に似た泣き声が聞こえてきた。

兄が妹のもとへ駆けつけると同時に、公爵夫人もまた大股でその部屋に急いだ。

他人の存在はもはやその場にふさわしくなかった。そこで《三人の友》とわたしはただちにこっそりとその場をひきさがり、新年を祝うために用意されていたヴーヴ・クリコ*のびんはナプキンにつつまれたまま結局栓を抜かれずじまいに終わった。

第十四章

われわれが別れをつげようとしたときの気持は重苦しいものではあったが、各自の胸の中はあまりほめられたものではなかった。なぜなら、顔では強いて厳粛さをよそおいつつも、おかしさに吹き出すのをやっとの思いでこらえ、必要以上に熱心に自分のオーバーシューズをさがそうと身をかがめていたからである。靴さがしが必要になったのは、召使たちもまた、令嬢の突然の発病さわぎであちこちへ駆け出してしまったためだった。

元老院議員たちはそれぞれ馬車に乗り込んだ。外交官はしばらくわたしと肩を並べて新鮮な外気を吸いたいという気持のほかに、公爵令嬢がジャンリスの例の文章を読みおえたとき一体彼女の心の眼に何が映じたかについて、わたしの意見を知りたがっているようだった。

しかしわたしはこのことについて厚かましく憶測をたくましうする気には全然なれなかった。

第十五章

この事件が起きた不幸な日以来、わたしはもはや公爵夫人にも令嬢にも逢わなかった。新年の挨拶に出かける決心もつかず、やっと令嬢の病状をたずねる使いを出したが、それとても反対の意味にとられはすまいかと大いにためらった末だった。《お見舞い《コンドレアンス》》の訪問は全く時宜にかなわぬように思われた。わたしの立場はひどくばかげていた。懇意な家庭への訪問を突然やめることは不作法

＊シャンパンの銘柄。

にあたるし、さりとて顔を出すのも具合がわるく感じられたのである。

ひょっとしたら、わたしの結論は誤っていたかもしれないが、わたしには正しいように思われた。そしてわたしは間違っていなかった。大晦日の夜、公爵夫人がジャンリス夫人の《霊》からうけた打撃はきわめて重大なもので、深刻な結果をひきおこしたのだった。

第十六章

ひと月ばかりして、わたしはネフスキイ通りで例の外交官と出逢った。彼は大そう愛想がよくて、われわれはつい話しこんでしまった。

「ずいぶんお目にかかりませんでしたね」と彼が言った。

「お逢いする場所がないのですよ」とわたしは答えた。

「ええ、尊敬すべき公爵夫人のなつかしいお邸《やしき》を失ってしまいましたからね。あの方はかわいそうに、行かざるを得なかったのです」

「何ですって、行くだなんて……どこへ行かれたんですか？」

「おや、ご存じなかったのですか？」

「何も知りません」

「皆さん外国へ去られたのですよ。運よく息子さんのポストを見つけてあげられましてね。あの夜あんなことがあったものですから、そうせざるを得なかったのですよ……恐ろしいことではありませんか。あの不幸な夫人はあの夜のうちに例の書物を全部焼き捨て、テラコッタの手をこなごなにくだいてしまいました。それでその手の記念として無傷にのこったのは小さな指、というより親指を中にはさんだ例の仕種《しぐさ》だけのようですよ。概して不愉快な事件でしたが、その代わり一つの偉大なる真実の見事な論証の役は果たしていますよ」

「わたしの見るところでは、二つあるいは三つの真実ですよ」

外交官はにこっと笑い、わたしをじっと見てたずねた。

「どんな真実ですか?」

「まず第一に、この事件は、われわれが話題にしようと決めた本はあらかじめ読み通しておかなければならないことを実証しています」

「第二には?」

「第二には、この事件以前に若い公爵令嬢がおかれていたようなおぼこな状態に娘をとじこめておくことは分別に欠けています。令嬢だってさもなければ、ずっと早くギボンについての朗読をやめていたことでしょう」

「そして第三には?」

「第三には、霊魂だって生きた人間と同様、当てにはできないことを示しています」

「みんな的はずれですな。霊魂が確認しているのは《蛇の中で最上のものもやはり蛇である》というわたしの意見だけですよ。蛇というのは賢いほど危険なものです。尻尾に毒をしまっていますからね」

かりにわれわれが諷刺の才をもち合わせていたら、このことは諷刺のための絶好のテーマとなったことであろう。

いかなる諷刺の才能もないわたしは、この話を短編小説という単純な形式でしかお伝えできないのが残念である。

（中村喜和 訳）

小さな過ち　モスクワのある家族の秘密

第一章

クリスマス週間のある夜のこと、ひとかどの分別をそなえた人びとのパーティーの席で信仰の有無が話題になった。もっとも、理神論*とか唯物論といった高級な問題が論じられたのではなく、予知とか予言、さては一種の奇蹟などを行うような特殊な能力をもった人間を信じるかどうか、ということが議論の的になったのである。この場にモスクワからやってきた一人の実直そうな人物が居合わせたが、彼は次のように切り出した。

「ところで皆さん、だれが信仰をもっているか、あるいはもっていないかを判断するのは容易なことではありません。それを証明するようなさまざまな事例も現実に存在します。しいてきめつけよ

＊神の働きを宇宙の創造のみに限定し、宇宙のその後の展開は神の意志によらないとする説。西欧近代における宗教の合理化の傾向をあらわす。

うとして、われわれの理性が過ちをおかすことも間々《まま》あります」
このような前置きをしてから彼は興味ぶかい話をしてくれたが、以下なるべく彼の言葉どおりにこの話をお伝えしよう。

わたしの伯父と伯母はそろって、今は亡き奇蹟成就者のイワン・ヤコヴレヴィチ[*1]に帰依していました。とりわけ伯母のほうは、この人物にうかがいを立てた上でなければ何ごとにも手をつけないという有様でした。まずはじめに彼のいる精神病院をおとずれて、助言を乞います。つぎには自分のはじめることについてお祈りをしてくれるように頼むのです。伯父はしっかり者で、伯母ほどイワン・ヤコヴレヴィチ一辺倒というわけではなかったのですが、それでも時々、内密の相談をもちかけることがありましたし、伯母がお布施や喜捨をはずむことに苦情を言うことはありませんでした。伯父夫妻は大富豪とは言えないまでも、けっこう裕福な暮らしをしていました。自分の所有している建物の中の店舗で、お茶と砂糖を商《あきな》っていたのです。二人のあいだに息子はなく、娘が三人ありました。名前はそれぞれカピトリーナ、カテリーナ、オリガといい、父親の名前からニキーチシナという父称をもっていました。そろいもそろって美人で、さまざまな手芸と家事に長じていました。カピトリーナ・ニキーチシナはもう嫁いでいました。ただその相手というのが商人ではなく、画家でした。とはいっても、その画家は非常にいい人物で、収入も相当にありました。教会の壁画や聖像《イコン》を描くという割のいい仕事をいつもかかえていたからです。ただひとつ親戚中の鼻つまみになっていることがあって、それは神さまにかかわる仕事をしているというのに、クルガーノフ[*2]の『文章規範』を引用して自由思想的言辞を弄する癖のあることでした。カオスとか、オヴィディウスとか、プロメテウスとか[*3]を話題にのぼらすのが好きで、何かといってはギリシャ・ローマの神話と創世紀の記述を比較したがるのでした。このことを別にすれば、申し分のない婿でした。いやもうひとつ、この若夫婦に子供のできないことが伯父夫婦にとって頭痛の種でした。まだ長女を片づけただけなのに、その彼女に三年たっても子供が生まれないとあって、二人の妹たちが縁遠くなり出したのです。

伯母は娘が懐妊しないわけをイワン・ヤコヴレヴィチにたずねました。夫婦とも若くて美しいのにどういう理由で子供ができないのか、と訊いたのです。

イワン・ヤコヴレヴィチは口の中でもぐもぐとこんなことを言いました。

「それは天の国は天に、天の国は天に」

＊1　スモレンスクの出身で、少年時代モスクワに移る。奇矯の振舞いがあったので精神病院に収容されていたが、運命の予知や病気の治療の能力があると信じられ、多くの崇拝者がいた。あだ名はコレイシャ（一七八〇－一八六一）。

＊2　ニコライ・ガヴリロヴィチ・クルガーノフ　十八世紀の啓蒙期特有の博学な学者。海軍兵学校出身で、生涯の大半を海軍兵学校で数学と航海術を教えた。そのかたわら著した『文章規範』（初版一七六九年）は西欧風の斬新な小噺を多く含んでいて、大成功を収めた。

＊3　ローマの有名な詩人オヴィディウスの『変形譚』の中に、ギリシャ神話にもとづいて、原始混沌の神格であるカオスや、人間に火を与えて罰せられたプロメテウスについての記述がある。

まわりにひかえている後見役の女たちがそのご託宣を伯母に翻訳して聞かせました。「婿どのに言って聞かせなさい。神さまによくお祈りするようにというお告げです。当のご仁の信心が足りないのですよ」

伯母はびっくり仰天しました。万事お見通しだったからです。そこで画家の婿にむかって、一ぺんでもいいから教会へ行って懺悔をするようにせがみました。ところが画家は馬耳東風と聞き流すだけです。何ごとにも軽はずみな態度でのぞみ、斎戒期だというのに生臭いものを食べることがありました。こともあろうに、何かの虫とか牡蠣《かき》を口にしたという噂すら耳にはいりました。彼らはみんな同じ家に住んでいたのですが、商人の家にこんな不信心者がまぎれこんだといって伯父夫婦はしょっちゅう嘆き悲しんでいました。

第二章

まもなく伯母はイワン・ヤコヴレヴィチのところへ出かけていって、「神の婢女《はしため》カピトリーナのおなかが開くよう、また同じく神の僕《しもべ》ラーリイ（それが画家の名前でした）が信仰に目覚めるよう」まとめてお祈りをしてほしいと頼むことにしました。そのときは伯父も同行しました。

イワン・ヤコヴレヴィチは何やらわけのわからぬことをもぐもぐ言っていましたが、取り巻きの女の弟子たちはこう説明しました。

「きょうはお告げが聞きとりにくいので、願いごとをわたしどもに話してみてください。書付けにしてあした差し出しますから」

伯母が言うことを先方が書き留めました。《神の婢女《はしため》カピトリーナのおなかが開くよう、また同じく神の僕《しもべ》ラーリイが信仰に目覚めるように》と。老夫婦はこの書付けを残して、足取りもかるく帰宅しました。

家では伯父夫婦は誰にもこのことを話しませんでした。ただカピトリーナだけは例外で、彼女には不信心者の夫に決してもらさないと約束させた上、できるだけ夫にやさしくして仲むつまじく暮らし、イワン・ヤコヴレヴィチを信じる気持が彼の中に芽ばえはしないか、よく見守るように言い含めておきました。ところでこの画家ときたら恐ろしい冷笑家で、日頃から悪魔とか畜生とか神を冒瀆するような言葉をたえず口にする点では、厚顔無恥の低級芸人そこのけでした。どんなことでも、からかいや茶化しの種にしてしまうのです。たそがれどきに舅《しゅうと》のところへやってくると、《五十二枚の祈禱書を読みに行きましょう》とさそいます。これはつまり、トランプ遊びということです……あるいはまた腰をおろして、《どちらかぶっ倒れるまでやりましょう》などと平気で言うのです。

伯母はこういう言葉を耳にするのが耐えられませんでした。伯父が見かねて、《あれをあんまり悲しませないでくれ。お前さんを愛していて、誓いまで立てているのだから》とたしなめると、大声で笑いとばして姑《しゅうとめ》にこう言いました。

「お母さん、どうしてわけのわからぬ誓いなど立てるのです？　洗礼者ヨハネの首がちょん切られたのも誓いのせいだってことをご存じないのですかね。ひょっとしたらわが家に何か思いがけない災難がふりかかるかもしれませんよ」

伯母はこれを聞いてますますおびえてしまいました。それから伯母は不安のあまり毎日のように精神病院へ駆けつけました。そこへ行くと、万事順調にはこんでいますよ、イワン・ヤコヴレヴィチが毎日例の書付けを唱えているから、そこに書かれていることがまもなく実現するにちがいないと言われて、気が落ち着くのでした。

待つ間もなく、予言は適中しました。しかしその適中の仕方たるや口にするのもはばかられるていのものでした。

第三章

中の娘でまだ未婚のカテリーナが伯母の部屋へやってくるなりいきなり足もとに身を投げ、大声をあげて悲しそうに泣き出しました。

伯母はたずねました。

「どうしたの？　だれかにいじめられたのかい？」

娘は泣きじゃくりながら答えました。

「お母さま、自分でもわからないの、どうしてこうなったのか……生まれてはじめてで、しかも最後だったんですもの……ただ、お父さまにはわたしの罪を隠しておいてくださいな」

伯母は娘をきっと見つめると、じかに腹をさしてたずねました。

「ここなの？」

カテリーナは答えました。

「ええ、ママ……どうしてわかったの……わたしにもわけがわからないのに」

伯母は思わず、あっと言って、両手を打ち合わせました。

「おまえはわからなくてもいいんだよ。これはひょっとしたら、わたしの間違いかもしれない。これから出かけていって調べてみよう」

そう言うなり伯母は辻馬車に乗ってイワン・ヤコヴレヴィチのもとへ駆けつけました。

「わたしたちがお願いした書付けを見せてくださいな。神の婢女《はしため》に子さずけをお祈りいただいているものです。どういう文面でしょうか？」

いつもの取り巻きの女たちが窓がまちの上をさがして、書付けを渡しました。

伯母はそれを眺めて、茫然としました。一体どうしたことでしょう。今までの祈禱は全くのお門ちがいだったのです。書付けには既婚のカピトリーナの代わりにまだ結婚していない娘のカテリーナの名前が書いてあったのです。

女たちは言いました。

「それはとんだ災難だったこと。名前が似ていますからね。でもご心配なく。まだやり直しはでき、、、、、、ますよ」

伯母は心の中でこう思いました。《いや、これはいい加減なことを言っているんだわ。やり直しなどできるものですか。祈禱のききめがカテリーナに出てしまったんだから》。

伯母はその書付けの紙をこなごなに破いてしまいました。

第四章

伯母が何より胸を痛めたのは、夫にどのように切り出すかということでした。この伯父はいったん怒り出したが最後、手のつけられない性格だったのです。悪いことに、伯父は娘たちの中でもカテリーナをうとんじていました。秘蔵っ子は末娘のオリガで、彼女が持参金を一番多くもらうことになっていました。

伯母は考えに考えたあげく、ふりかかった災難を払いのけることは自分ひとりの手に負えないと悟って、絵描きの婿を呼んで智恵を借りることにし、今までのことを細大もらさず打ち明けてからこう言いました。

「あんたは別に信者じゃないけれど、人並みの感情はおもちだろう。お願いだから、カテリーナをかわいそうと思って、不始末を人目にさらさなくてもいいように助けておくれ」

「恐れ入りますが、いくらあなたがわたしの妻の母親であるといっても、まず第一にわたしを不信心者扱いされては困ります。第二に、もしイワン・ヤコヴレヴィチがそれほど長いあいだ祈禱したものなら、カテリーナにどんな不始末があったと言われるのかわたしには理解できません。わたしはこれまでカテリーナに親身の愛情をいだいてきましたし、これからもかばってやるつもりです。カテリーナには何ひとつ罪がないのですから」

伯母は指をかんで泣いていましたが、こう言いました。

「そう……何も罪はないって言うの？」

「もちろんですよ、お母さん。これはあなたの奇蹟成就者が取りちがえたんです。責任をとってもらいなさいよ」

「責任なんてとってもらえるものですか。あの方は義人なんだから」

「義人ときては、黙っているしかありません。それではカテリーナにシャンパンを三本もってこさせてください」

伯母は訊き直しました。

「何ですって？」

「シャンパンを三本です。一本は今すぐわたしの部屋へ届けてください。二本をどこへもっていくかはあとで申しますが、栓をまわして氷の中に立てる用意だけはしておいてください」

伯母は画家を見つめて、何回もうなずきました。

「やれやれ、わたしはあんたが不信心者だとばかり思っていましたよ。聖者のお姿は描くんだけれど、あんた自身にはやさしい気持というものがさらさらなさそうに見えるからね……あんたの描く聖像にお祈りする気になれないのはそのためなんだよ」

画家は答えました。

「わたしの信仰のことはほっといてください。お母さんこそ信仰に疑いが生じて、本当はカテリーナに罪があるとお思いじゃありませんか。ところがわたしはこの件ではイワン・ヤコヴレヴィチだけに責任があると固く信じているのです。わたしのアトリエにシャンパンを届けてくだされば、わたしの気持がどんなものかわかりますよ」

第五章

伯母はあれこれ考えたのですが、結局はカテリーナに画家の部屋へシャンパンをもたせてやりました。顔じゅう涙でぬれたカテリーナがお盆をもってはいっていくと、画家は彼女の両手をとって、自分でも泣き出しました。

「今度のことではぼくも悲しいんだよ。でもぐずぐずしてはいられない。隠してきたことをすっかりぼくに打ち明けてごらん」

カテリーナは自分の軽はずみな振舞いを告白しました。画家は彼女を自分のアトリエに入れると、鍵をかけてとじこめてしまいました。

伯母は目を泣きはらした娘婿と顔を合わせましたが何も言わずにいました。しかし彼の方は姑を抱くと、キスをして言いました。

「もう心配はいりません。泣かなくていいのです。きっと神さまが助けてくださるでしょう」

「ねえ、教えておくれ」と伯母はささやき声で言いました。「悪いのは誰なんだい?」

画家は姑をやさしく指でおどして言いました。

「そんなことはお訊きになってはいけません。あなたはいつもぼくの不信心を非難しておられたのに、あなたの信仰が試されている今となっては、信仰心というものをみじんももち合わせておられないようですね。悪い者は一人もいないんですよ。例の奇蹟成就者が小さな過ちをおかしただけというのがおわかりにならないのですか」

「かわいそうなカテリーナはどこにいるんです?」

「絵描きだけが知っている恐ろしいお呪《まじな》いをかけたんです。そしたら魔法のようにすうっと消えてしまいました」

そう言いながら画家は鍵を姑に見せました。彼が父親の最初の怒りの発作から隠してくれたのだと悟った伯母は、画家を抱いて小声でこう言いました。

「許しておくれよ。あんたはやさしい気持をおもちだったんだね」

第六章

伯父が帰宅すると、例によってお茶を飲んでから婿に言いました。

「さて、五十二枚の祈禱書でも読むとしようか」

二人はテーブルにつきました。家人たちはこの部屋に通じるドアというドアをすっかりしめ切って、爪先立ちで歩いていました。伯母はドアからはなれたり近づいたりしながら、たえず聞き耳を立て、ひっきりなしに十字を切っていました。

とうとう、中で何やらガチャンという音がしました……伯母はドアからとびのいて、身を隠しました。

「秘密を明かしたんだわ！　これからいよいよ修羅場よ」

伯母は娘たちにそう言いました。

まさしくそのとおりで、ドアをさっと開け放つと伯父はどなりました。

「毛皮外套と大きいステッキをもってこい！」

画家は腕をとって引き戻そうとしながら言いました。

「どうしたんです？　どこへ行くんですか？」

伯父は言いました。

「気ちがい病院へ行って、あの奇蹟野郎をひっぱたいてやるんだ！」

伯母は別のドアのかげで、うめくような声で娘たちに言いつけました。

「ひとっぱしり精神病院へ駆けていって、イワン・ヤコヴレヴィチを隠してもらいなさい！」

実際、伯父は脅しを実行に移しかねない権幕でしたが、画家の婿は相手の信仰心を逆手にとってやっと引き止めたのでした。

第七章

画家は舅にむかって、娘がもう一人いることを思い出させようとしました。

「かまうもんか。あの子はあの子だ。おれはあのエセ聖者をなぐりつけてやりたいんだ。それで裁判にかけられたってかまわんさ」

「裁判がこわいと言ってるんじゃないんですよ」と画家は言いました。「考えてごらんなさい。イワン・ヤコヴレヴィチがオリガにどんな祟りをくだすかわかりませんよ。これは実に危険です！」

伯父は立ちどまって考えこみました。

「どんな祟りをくだせるんだ？」と伯父がたずねると、画家は答えました。

「カテリーナがこうむったのと同じ祟りですよ」

伯父は婿を見て言い返しました。

「ばかなことを言え！　そんなことができるというのか？」

画家は答えました。

「わたしの言うことを信じないなら、思いどおり何でもしてください。でもあとになって悲しんだり、不幸な娘たちに罪を着せたりしないことですね」

伯父は立ち往生してしまいました。婿はひきずるようにして伯父を部屋に連れ戻し、説得にかかりました。

「わたしの考えでは、あの奇蹟成就者はほっとくに越したことはありません。この事件は家族の中で後始末をつけるのが一番です」

伯父はこの意見に同意はしたものの、どんな方法で後始末をつけてよいやらわかりませんでした。

そこで婿が助け舟を出しました。

「いい考えというものは怒りでなく喜びのうちに求めなければなりません」

「こんな場合に喜んでなどいられるものかね？」

「それができるんです。わたしのところに泡の立つやつが二本あります。飲みおわるまで、わたしは何も言いません。これはご承知願いますよ。ご存じのとおりわたしは変った人間ですからね」

伯父は婿を見て言いました。

「はっきりさせたまえ、はっきりと！　この先はどうなるんだね？」

そう言いながら伯父は同意したのでした。

郵便はがき

232-0063

切手を貼って下さい。

横浜市南区中里1—9—31—3B

群像社 読者係 行

＊お買い上げいただき誠にありがとうございます。今後の出版の参考にさせていただきますので、裏面の愛読者カードにご記入のうえ小社宛お送り下さい。お送りいただいた方にはロシア文化通信「群」の見本紙をお送りします。またご希望の本を購入申込書にご記入していただければ小社より直接お送りいたします。代金と送料（一冊240円から最大660円）は商品到着後に同封の振替用紙で郵便局からお振り込み下さい。

ホームページでも刊行案内を掲載しています。http://gunzosha.com

購入の申込みも簡単にできますのでご利用ください。

群像社　読者カード

●本書の書名（ロシア文化通信「群」の場合は号数）

●本書を何で（どこで）お知りになりましたか。

1 書店　2 新聞の読書欄　3 雑誌の読書欄　4 インターネット
5 人にすすめられて　6 小社の広告・ホームページ　7 その他

●この本（号）についてのご感想、今後のご希望（小社への連絡事項）

小社の通信、ホームページ等でご紹介させていただく場合がありますのでいずれかに◯をつけてください。（掲載時には匿名に する・しない）

お名前《ふりがな》

ご住所
（郵便番号）

電話番号
（Eメール）

購入申込書

書　名	部数

出ていった画家はてきぱきと指示をあたえてから部屋へ戻ってきましたが、そのあとから彼の助手をつとめている若い画家が盆をもち、二本のシャンパンとグラスを運んできました。

部屋にはいると画家はドアをしめ、鍵をかけてキイをポケットに入れました。伯父はこれを見てすべてを諒解しました。婿が助手にうなずくと、助手はやにわに伯父の前に出ておとなしく許しを乞いはじめました。

「申し訳ありません……お許しと祝福をいただきたいのです」

伯父は婿にたずねました。

「ぶってもいいかね?」

「結構ですが、その必要はないでしょう」

「それでは少なくとも、わしの前にひざまずいてもらおうか」

画家は助手に耳うちしました。

「愛する人のためだ、おやじさんの前にひざまずきたまえ」

助手はそのとおりにしました。

老人は泣き出して言いました。

「あの子をふかく愛しているのかね?」

「愛しています」

「それではわたしに口づけしなさい」

以上がイワン・ヤコヴレヴィチの小さな過ちを隠しおおせた次第です。このことは外部に少しも洩れなかったので、たのもしい姉妹という評判が立ち、末娘にも何人かの求婚者があらわれたのでした。


（中村喜和 訳）

髪結いの芸術家　墓の上の物語（一八六一年二月十九日[*1]なる佳き日の聖なる記念に）

彼らが御霊《みたま》は至福の聖者とともに憩《いこ》わん
——とむらいの歌

第一章

わが国では《芸術家》と言えば画家と彫刻家にかぎる、それも美術学校を卒業して《芸術家》という称号を授かった者だけというのが大方の意見で、それ以外の人間は芸術家としては認められない。一般には、サージコフやオフチンニコフ[*2]のような名工も単なる《かざり職人》にすぎない。外国では事情が異なる。ハイネの手記の中には《芸術家であり》かつ《一廉《ひとかど》の見識をそなえた》仕立

＊1　農奴解放令が発布された日。
＊2　パーヴェル・イグナーチエヴィチ・サージコフとパーヴェル・アキモヴィチ・オフチンニコフは十九世紀モスクワの有名な貴金属細工師。

屋のことが出てくるし、ワース[*1]の手になる婦人服はこんにちでも《芸術作品》と呼ばれている。そのうちの一着などは最近も《ウェストのするどい切れこみに無限のファンタジーが宿っている》という評判をとったほどである。アメリカでは芸術の範囲は一層ひろく理解されている。有名なアメリカの作家ブレット・ハート[*2]の物語によれば、《死人に化粧をほどこす》ことを業とした《芸術家》がかの国でたいへんな名声を得たという。この人物は故人となった顔にさまざまな《嬉しげな表情》を与えることによって、飛び去った魂の幸福の度合を表現したのである。

その化粧にはいくつかの等級があった——私のおぼえているのは次の三つである。《（一）安穏、（二）高尚な冥想、（三）神とじかに会話を交わす至福》。この芸術家の評判はその名人芸に見合っていた。つまり好評嘖々《さくさく》というありさまだったが、気の毒なことにこの芸術家は芸術的創造の自由を尊重しない粗野な群衆の犠牲になって、非業の死を遂げてしまった。石で打たれて殺されたのだが、その理由というのは、町じゅうの人の預金をネコババしたさる贋銀行家の死顔に《神とじかに会話を交わす至福》の表情を与えたからであった。当の詐欺師のおかげで幸福になった遺族たちはそんな注文をつけて故人への感謝の気持を表そうとしたのだが、一方、注文を実行した芸術家にはそれが命取りになったという次第である……

これと同じように非凡な芸術家の部類にはいる名人が、わがロシアにもいた。

第二章

私の弟のお守《も》りをしたのが、背が高くてしなびてはいるが、見事にすらりとして様子のいいお婆さんで、リュボーフィ・オニーシモヴナという名前だった。かつてはカメンスキイ伯爵所有の旧オリョール劇場の女優をしていたことがあり、これから私が話そうとする出来ごとも、私が子供のころ、やはりオリョールの町でおきたことなのである。

弟は私よりも七歳年下である。したがって弟が二歳でリュボーフィ・オニーシモヴナに抱かれていた時分、私はもう九歳で、聞かされる話をすらすらと理解することができた。

そのころリュボーフィ・オニーシモヴナはそれほど老《ふ》けこんではおらず、雪のように白い肌をしていた。顔つきは優にやさしく、高い背筋がしゃんとして驚くほど均斉がとれた体つきは、まるで若い娘のようだった。

[*3]は「伯爵」の位置に付された注記号。

＊1　チャールズ・フレデリック・ワースは英国生まれで、パリで活躍したデザイナー。
＊2　アメリカの作家（一八三六―一九〇二）。サンフランシスコで新聞記者として働くかたわら、西部色ゆたかな短編小説を発表して名声をうる。ここで言及されているのは『寝台車での会話』。
＊3　オリョールの貴族。最も有名なのはミハイル・フョードロヴィチで、トルコとの戦いで手柄をたて、オリョールに領地を与えられた。本編に登場するのはその子セルゲイ・ミハイロヴィチ（一七七一―一八三五）で、農奴劇団を所有し八〇人の音楽家をかかえていたが、晩年は破産状態にあった。

母と伯母は彼女の姿を眺めては、若いころにはさだめし美人だったにちがいない、とよく話し合っていた。

彼女はどこまでも正直で、柔和で、涙もろかった。人生の悲劇的な側面を好み……時たまかなり深酒をした。

彼女はよくわれわれ兄弟を三位一体教会の墓地へ散歩に連れていっては、かならずそこにある古びた十字架のついた質素な墓の上に腰をおろし、私に何やかやと話を聞かせてくれたものである。《髪結いの芸術家》の物語を彼女から聞いたのも、やはりそこでのことだった。

第二章

その人物は、うちの婆やの劇場仲間だった。違いといえば、彼女が《舞台に出て、踊りをやった》のに対して、彼のほうは《髪結いの芸術家》、つまり美容師兼メークの担当で、伯爵の農奴劇団のすべての女優たちの《顔を描いたり、髪を結ったり》するのが仕事だった。とはいえ彼は、かつら用の小櫛を耳にはさみラードでのばした紅《べに》のブリキ缶をもち歩くそこいらの平凡な職人とはわけがちがい、一廉《ひとかど》の見識をそなえた男、一口で言えば、芸術家なのであった。

リュボーフィ・オニーシモヴナの口をかりれば、《顔に趣向をこらす》という点で彼にかなう者は一人もいなかった。

いったい何代目のカメンスキイ伯爵のときにこの二人の芸術家的天分が花開いたものか、私にはしかとわからない。カメンスキイ伯爵として世に知られる人物は三人いて、その三人ともオリョールの古老たちから《前代未聞の暴君》と呼ばれていた。元帥になったミハイラ・フェドートヴィチはその残忍さの報いで、一八〇九年に農奴たちの手にかかって殺された。彼の二人の息子のうちニコライは一八一一年に亡くなり、セルゲイは一八三五年にこの世を去っている。

私は四〇年代にはまだ小さな子供だったけれども、煤《すす》や赤土で塗られた飾り窓がいくつも並んだ巨大な灰色の木造の建物や、それを取り囲んでいる半分くずれかけた長い長い塀のことは、今でも記憶に残っている。これこそまさに、カメンスキイ伯爵の呪われた屋敷であり、劇場も同じ場所にあった。その劇場がちょうど三位一体教会の墓地からよく見える具合に立っていたので、リュボーフィ・オニーシモヴナは何か話を聞かせようとするたびに、いつもこんな風にはじめるのだった。

「坊や、あそこをごらん……何ておっかない、と思わない？」

「おっかないね、婆や」

「でもね、これから話してあげることは、もっとこわいのよ」

以下の物語は、彼女がしてくれた髪結師アルカージイについての物語の一つである。アルカージイは心のやさしい大胆な若者で、彼女の心にとってごく近しい存在だった。

アルカージイが《髪を結ったり、顔を描いたり》するのは女優にかぎられていた。男の俳優たちのためには別の理容師がいて、時たまアルカージイが《男優部屋》へ出向くとしたら、それは伯爵自身が《誰それの顔を格別上品につくれ》と命じた場合だけだった。この芸術家のメーク術の主要な特徴はアイデアのゆたかな点にあり、そのおかげで彼はどんな顔にもこの上なく優雅で変化に富んだ表情を与えることができた。

「あの人が召しだされるとね」とリュボーフィ・オニーシモヴナは語るのだった。「《あの顔にこれこれかような趣向をこらせ》、という命令が出るのです。アルカージイは御前を下がってきて、この男優なり女優なりを自分の前に立たせるか坐らせるかすると、自分は腕組みをして、考えこみます。そんなときのアルカージイは、どんな美男子よりも見栄えがしました。背は中くらいとはいうものの、なんともいえずしなやかな体つき、ほっそりした鼻筋は誇らしげで、目は天使のようにやさしく、それにふさふさとした前髪が頭から目のところまでみごとに垂れかかっていたものです。それで霧がかかった雲の中からでも、じっとこちらを見つめているといった風情《ふぜい》でしたよ」

一言でいえば、この髪結いの芸術家は美男子で、《みんなに好かれていた》のだった。《主人の伯爵》まで彼に目をかけ、アルカージイを《特別扱いして、身なりも飾らせていたけれど、見張り方も人一倍きびしいもの》だった。どんなことがあってもアルカージイは伯爵以外の人間のひげを剃ったり、髪を刈ったり調《ととの》えたりすることを許さず、そのため常に彼を自分の化粧部屋に閉じ込め、劇場へ出かけるのは別としてどこへも外出させないことにしていた。

教会へ懺悔に行くことも、聖餐にあずかりに行くことすら彼には許されていなかった。それというのも当の伯爵が神を信じない人間で、僧侶には我慢がならず、一度などは復活祭の週に十字架をかかげて来訪したボリス・グレープ寺院の司祭たちに猟犬をけしかけたことさえあった。†

一方その伯爵といえば、リュボーフィ・オニーシモヴナの話によると、癇癪ばかりおこしているために、どんなけだものに比べても遜色のないすこぶる醜悪な面相をしていた。しかしアルカージイはこのけだものじみた面構えにさえ、一時の間だけとはいえ、夜分劇場のボックスにおさまっているときなどには、大方の見物人よりは立派で重々しく見えるような表情を与えることができたのであった。

ところが伯爵の人となりの中で最も欠けているものは、当のご本人にとって残念至極なことに、まさにこの重々しい威厳と《武人の風格》だったのである。

†原注　この出来ごとはオリョールで大勢の人が知っている。私はこの話を祖母のアルフェーリエワからも、また清廉潔白で知られた商人のイワン・イワーノヴィチ・アンドローソフ老人からも耳にした。この老人は《犬どもが坊さんたちの衣を咬み裂く》のをじかに目撃し、《魂に罪を着る》ことによってからくも伯爵の追放をのがれたのだった。——つまり伯爵の前に呼び出され、《貴様は連中に同情するか？》とたずねられたとき、《とんでもございません、閣下。これが当然であります。あの手合いにうろつかせることはございません》と答えたのである。

そしてアルカージイのような天下無双の名人のサービスを誰ひとり受けられないように、彼は《一生涯門外不出で、生まれてこの方おあしというものを手にしたことがない》という暮らし方を強いられていた。当時すでに彼は二十五歳をすぎ、リュボーフィ・オニーシモヴナは十九歳になろうとしていた。以前から知合いの仲であったことは言うまでもないが、そのうち二人の間にこの年ごろの男女に起こりがちな事態が生じた。つまり、たがいに愛し合うようになったのである。けれども彼らが愛を語ることができるのは、衆人環視のなかでメークをしながら遠まわしに片言隻句《へんげんせっく》を交わすときだけであった。

二人差し向かいの逢引きなどは全くできないばかりでなく、想像することさえ不可能だった……

「わたしども女優はね」とリュボーフィ・オニーシモヴナは語るのだった。「大事にされたとはいっても、それは名門のご大家で乳母の身が守られるのと同じ扱いでした。めいめい子持ちの老女衆がお目付け役としてひかえていて、わたしどものだれかが何か不始末をしでかそうものなら、老女衆のお子たちがよってたかって、おそろしい成敗をくだすのでした」

純潔の掟をやぶっていいのは掟をきめた《ご本人》、つまりご主人さまだけであった。

第五章

リュボーフィ・オニーシモヴナはそのころ乙女の美しさが花開いていたばかりでなく、多面的な才能の伸展という点でも最も充実した時期にあたっていた。彼女は《名曲メドレー《ポプリ》》の合唱で歌い、《中国の菜園婦》の踊りのリード役をつとめ、さらに悲劇への天分を感じて《どんな役でも一目見ただけでおぼえてしまう》という伸び盛りであった。

　そんなある年のこと、何年とはっきりはわからないが、皇帝陛下が行幸の途中でたまたまオリョールを通過されたことがあった（アレクサンドル・パーヴロヴィチ帝だったか、それともニコライ・パーヴロヴィチ帝だったかも判然としない）。陛下はオリョールで一泊され、その夜はカメンスキイ伯爵の劇場へお見えになることになった。

　伯爵はそこで町の名士を残らず自分の劇場に招待し（有料の座席は売り出されなかった）、出し物も一番得意とするものをかけることにした。リュボーフィ・オニーシモヴナは、《名曲メドレー》の合唱に加わり、《中国の菜園婦》を踊ることになっていたが、思いがけなく最終の本稽古の最中に舞台装置が倒れて、《ド・ブルブラン公爵夫人》という芝居で主役をふられていた女性が脚に怪我をしてしまった。

　私はこんな名前の役は一度も耳にしたことがないが、リュボーフィ・オニーシモヴナはたしかにそう発音した。

　舞台装置を倒した大道具係たちはお仕置きを受けるために厩舎《うまや》へ連れていかれ、負傷した女優は自分の小部屋へかつぎこまれたが、ド・ブルブラン公爵夫人の役を演ずる者がいなくなってしまった。

「そこでね」とリュボーフィ・オニーシモヴナは語るのだった。「わたしが買って出たのです。というのは、ド・ブルブラン公爵夫人が父親の足もとに身を投げて許しを乞い、髪をふりみだしたまま息絶えていく場面が大好きだったからです。そしてわたしの髪の毛ときたら、あきれるくらいにふさふさとした亜麻色でね、それをアルカージイがほれぼれするように上手に結い上げてくれたものでしたよ」

伯爵はこの娘が思いがけなく代役を申し出たことを聞いて大喜びだったが、《リューバなら、しくじることはないでしょう》と言って演出家が請け合うのにこう答えた。

「しくじったら、お前の背中に鞭がとぶまでじゃ。ところでこの娘にはわしの藍玉の耳飾りを貸してやれ」

《藍玉の耳飾り》というのは、女優たちにとって嬉しくもあれば迷惑でもある賜《たまわ》りものだった。それは、束の間ながら主人の側室の地位に昇格するという格別の名誉の最初のしるしだったからである。この耳飾りが下賜されるとまもなく、ときにはその日のうちに、白羽の矢の立った娘を芝居のはねたあと《聖女セシリア*のようなけがれない姿》に仕立てよという命令がアルカージイにくだるのが常で、やがて、全身に白無垢をまとい、花冠をいただき、両手に百合の花をもたされた純潔の象徴が伯爵の部屋へと導かれるのであった。

「これはね」と婆やは言った。「あんたの年ごろではわからないけれど、この上なく恐ろしいことでしたよ。とくにわたしにとってはね。アルカージイのことを想っていたからですよ。わたしはわっと泣き出してしまいました。耳飾りを机の上にほおりなげ、しくしく泣くばかりで、その晩の芝居のことなどとても考える余裕がありませんでした」

第六章

さて、リュボーフィ・オニーシモヴナの運命がきわまったこのときに、やはりぬきさしならぬ試練がアルカージイにもしのびよっていた。

陛下に拝謁すべく伯爵の弟が自分の村から出てきたが、それが兄よりも一層不器量の上、久しく田舎住まいをしていて制服を身につけたことも、ひげを剃ったこともないという人物だった。なにしろ《顔じゅうがこぶだらけ》なのだ。今度のような特別な場合には、一も二もなく制服に身をかため、頭のてっぺんから足の先まで一部のスキもない身なりをして、型どおり《軍人風に》威儀を正す必要があった。

何しろやかましいことが多かった。

「今では想像もつきませんがね、そのころはきびしいものでしたよ」と婆やは言った。「何ごとも形

＊初期キリスト教のローマの殉教者。六世紀以降、処女の守護者として崇拝された。

式にかなっていなければいけなくて、お偉方にはひげのつけ方、髪の毛のととのえ方まできまりがあったものです。それがひどく不似合いの方もありましてね、型どおりの髪かたちにして、前髪をつまみ上げ、もみあげを長くすると、顔全体がまるで百姓のバラライカから弦を取ったみたいになります。お偉方にはそれが頭痛の種でしたよ。ひげの剃り方、髪かたちのととのえ方の腕がものをいうのもこのためでした。顔の中の頬ひげと口ひげのあいだにどうやって小径をつけるか、捲毛をどうカールさせるか、櫛目をどう入れるか――こういったことの一寸した呼吸ひとつで、顔の表情ががらりと変わってしまいます。文官の方がたは、まだ気が楽でした」と婆やはつづけた。「じろじろ見られることもなく、ただできるだけおとなしく見えさえすればよかったのです。武官となるともっと注文がむずかしくて、上官の前では恭順を示し、それ以外の人びとに対してはどこまでも勇猛果敢なところを見せなければいけないのです。

伯爵の見栄えのしないみにくい顔にこういった表情を与えることができるのが、アルカージイの腕の冴えでした」

第七章

田舎から出てきた伯爵の弟は、町の兄よりもっと醜男《ぶおとこ》で、おまけに田舎暮らしをしていうちにすっかり《毛むくじゃら》になり、さすがに自分でも気がつくほど《面の皮がごわごわして》いましたが、それでも顔を剃ってくれる者がいなかったのは、この方は何事につけてもけちんぼうで、お抱えの理髪師を年貢代わりにモスクワへ出稼ぎに出していたからです。そればかりか、この二人目の伯爵の顔ときたら大きなこぶこぶが一面にできていましたから、そこらじゅう切り傷をつけずに剃るなどということは、とてもできない相談でした。

　オリョールに出てくると、この人は町の床屋どもを呼び集めてこう言いました。

「このわしを兄のカメンスキイ伯爵と同様に仕上げてくれた者に、金貨二枚を取らせよう。切り傷をつけた場合のことを考えて、テーブルにピストルを二丁おくことにする。首尾よくやれば、金貨を与えて帰らせてやる。もし吹出物ひとつ傷をつけ、頬ひげ一本切り損じたら、即座に命はないものと思え」

　これはただのおどしでした。ピストルに詰めてあったのは空包だったのです。

　そのころオリョールには開業している床屋がほんの少ししかいませんでした。それも受け皿をもって銭湯をまわっては吸玉や蛭に血を吸わせるのを仕事にしているといった手合いばかりで、趣味とか趣向などというものは少しも持ち合わせていませんでした。このことは連中もよく心得ていて、一人のこらずカメンスキイを《変容》させることを断りました。床屋どもはこう思ったのです。《勝手にするがいいや、お前さんも、その金貨もね》

「手前どもには」と、床屋たちは言いました。「とてもお気に召すような仕事はできかねます。ご前《ぜん》のような高貴なお方のひげの先にふれることすら恐れ多い上、手前どもにはちゃんとした剃刀《かみそり》すらございません。もち合わせているのはロシア製のありきたりのものばかりです。ご前のお顔にはイギリス製でなければ叶いません。御意にそえるのは伯爵家のアルカージイだけでございます」

伯爵は町の床屋どもをつまみだせと命令しましたが、出されたほうは自由になったと喜んでいました。弟の伯爵はお兄さんのところへ馬車を乗りつけてこう言いました。

「これこれしかじかと町の床屋どもが申しています。そこで恐縮な頼みがあってうかがったんじゃが、夜になる前に、ひとつあんたのアルカージイめを貸してくだされ。思いっきり頭をさっぱりさせてもらいたいものじゃ。長いことひげを剃ってないし、ここの床屋どもの手には負えんというのでな」

伯爵は弟に答えました。

「ここの床屋どもなどは、もちろん、屑だ。奴らがここにいることすら、わしは知らなかったよ。わしんとこじゃ、犬まで抱えの床屋が刈っている。ところでおまえの頼みじゃが、それぱかりは無理難題というもの。わしの目が黒いうちは、ほかのだれの調髪もさせないと誓ったからじゃ。自分の奴隷の前で誓いを勝手に破ってもいいものかな?」

相手はこう答えます。

「いけないことがあるものですか。自分で決めたことだから、変えてもいいのですよ」

その家の主《あるじ》の伯爵は、それは屁理屈だと答えました。

「もしもこのわしが」と伯爵はつづけます。「そんな態度を取りはじめたら、召使どもにしめしがつくものかね。アルカージイめにはわしの決めたことは申し渡してあるし、一同もそれを知っている。その代わり待遇をだれよりよくしてあるんじゃ。もしやつが、謀反気をおこしてわし以外のだれかの頭にその腕をふるうようなまねをしたら、わしはやつを鞭で叩き殺して、兵隊に出してやるつもりだ」

弟は言いました。

「どちらか一つですよ――鞭で叩き殺すか、兵隊に出してしまうか。両方いっぺんにはできませんよ」

「よろしい」と伯爵は言います。「おまえの言うとおりにしよう。死ぬまでひっぱたかずに、半殺しにしてから兵隊に出そう」

「それがあんたのぎりぎりの結論ですかな、兄さん?」

「そうじゃ」

「ほかに言うことはありませんか?」

「ないな」

「そういうことなら、けっこうです。さもないと、兄さんは農奴一匹より自分の弟のほうが安っぽいのかと思うところでしたよ。こうしましょう。兄さんは誓いを破るまでもない、わしのむく犬を刈りこむために、アルカージイめをよこしてください。それからやつが何をするかは、兄さんとは無関係です」

伯爵はそれまで断るのは気がひけた。

「よろしい。むく犬を刈り込みにやろう」

「それでけっこうです」

弟は伯爵と握手して、帰っていきました。

第八章

それは冬の日の夕暮れがせまったたそがれどきで、灯をともしはじめる時分でした。

伯爵はアルカージイを呼んで、こう申し渡しました。

「わしの弟の家に行き、むく犬の毛を刈ってやれ」

アルカージイはたずねます。

「お言いつけはそれだけでございますか?」

「それだけじゃ」と伯爵は答えます。「だが一刻も早く帰って、女優どもの髪を結うのだぞ。今日リューバは三つの役に結い分けなければならん。そして芝居がはねたら、聖女セシリアの姿でわしに目通りさせよ」

アルカージイ・イリイーチはよろよろっとしました。

伯爵はたずねました。

「きさま、どうかしたのか?」

アルカージイは答えました。

「これはお許しを。じゅうたんにつまずきました」

伯爵は気をまわして言いました。

「気をつけろ、縁起でもない」

だがアルカージイの胸のうちは、今さら縁起がよかろうが悪かろうが、もうどうでもかまわない状態になっていました。

私をセシリアに扮装させよという命令を耳にすると、さながら目も耳もつぶれたようになって、革製の道具箱をかかえて出ていきました。

第九章

伯爵の弟のもとに着くと、鏡の前にロウソクが何本もともされ、またもやピストルが二丁と、それにもう金貨が二枚でなく十枚置かれていました。しかもピストルに詰めてあるのは空包ではなくて、チェルケス弾*でした。

伯爵が口を切りました。

＊チェルケス人が使用したという殺傷能力の高い小口径の弾。

「わしのところにはむく犬などおらんぞ。わしの用というのはほかでもない――精一杯わしを男らしい顔付きに仕上げてくれ。そうしたら金貨を十枚取らせよう。だがもし顔に傷をつけたら、命をもらうぞ」

アルカージイはじいっと食い入るように見つめていましたが、そのうち不意にどんな気になったものでしょうか、相手の髪を切り、ひげを剃りはじめました。たった一分間ですべて申し分のないありさまに仕上げると、金貨をポケットへじゃらじゃらと収めて言いました。

「これでご免こうむります」

伯爵の弟は答えました。

「行くがよい。だが一言たずねたいのじゃが、きさまはよくも命知らずに、こんなことをする決心がついたものだな」

アルカージイは答えました。

「その決心をつけたわけは、わたしだけの秘密でございます」

「ひょっとしたら、きさまには弾よけのまじないでもしてあって、それでピストルをこわがらないのか？」

「ピストルなどというものはくだらぬもので」とアルカージイは答えた。「少しも気にしてはいませんでした」

「それはどういうわけじゃ？　きさまはこんなふうに思っていたかな――主人たる伯爵の言葉のほ

うがわしの言い分よりも確かで、切り傷をつけたぐらいでよもやわしがぶっ放すまい、と。もしまじないがかかっていなければ、おだぶつになっただろうに」

アルカージイは伯爵という言葉を聞くとまたびくっと身をふるわし、なかば夢心地でこう言いました。

「わたしにはまじないなどはかかっていませんが、神さまが分別をめぐんでくださいました。もしご前《ぜん》がわたしを射とうとしてピストルをふりあげたら、一足先にご前ののどに剃刀をぐさっとお見舞い申すつもりでした」

そう言いすてるとアルカージイは外へとび出し、ちょうど間に合うように劇場に着いて私の髪を結いにかかりましたが、全身をわなわなとふるわせています。そして捲毛をひとつカールさせるごとに息を吹きかけるために身をかがめ、一つ言葉をささやくのでした。

「心配するな、連れ出してやるぞ」

第十章

芝居はうまくいきました。というのも、私たちの感覚ときたらみんな石のようになっていて、恐ろしいことにも苦しいことにも慣れっこになっていたからです。心にどんなことがあろうとも、役を演ずるときは、少しもそれをおもてには出さなかったのです。

舞台から見ると、伯爵と弟は瓜二つでした。舞台裏へやってきたときも、見分けられないほどでした。ただうちの伯爵はそれはそれは穏やかで、まるで人柄が変わったみたいでした。実は、うんとむごいことをする直前にはいつもそうなのでした。

そこで私たちはみんな気もそぞろになって、十字を切ったものです。

「主よ、あわれみたまえ、救いたまえ。今度はだれがこの人でなしの餌食《えじき》になるものやら」

ところで私たちはアルカージイのしでかした向こう見ずな振舞いをまだ知らずにいたのですが、当のアルカージイはもちろん目こぼしなどあるはずがないと覚悟をきめていました。そして弟のほうが彼の顔を眺めてうちの伯爵の耳にそっと何かささやいたのを見ると、顔が青ざめました。私はとても耳ざといものですからそのささやきが聞きとれたのです。

「弟として忠告しておきますがね、あの男に剃刀を使わせるときは、用心しなさいよ」

うちの伯爵はにやりと笑っただけでした。

アルカージイ自身の耳にも何かはいったとみえます。というのは、私の最後の出演の公爵夫人の顔をつくるとき、そんなことは今まで一ぺんもなかったことですが、白粉《おしろい》をぬりすぎてしまったのです。あとでフランス人の衣裳方が白粉をはらいにかかり、「トロ・ボークー、トロ・ボークー（多すぎます、多すぎます）」と言いながら、小さな刷毛で、私の顔から余分な白粉を落としてくれました。

公演がすっかり終わると、私はブルブラン公爵夫人の衣裳を脱がされ、聖女セシリアの姿をさせられました。それはただもう真白で、袖もなく、肩のところに小さな結び目があって、布がすべり落ちないようになっている代物でした。私たちはこの衣裳がいやでいやでたまらなかったものです。着付けがすむとアルカージイがやってきて、聖女セシリアの絵によくあるように、私の髪を浄らかに結い上げ、ほそい冠を頭にはめる段取りになりました。このときアルカージイは、私の小部屋の入口に男が六人も立っているのに気づきました。

これは、アルカージイが私の髪を結い上げて戻ろうとしたとたんにあの人をひっつかまえ、どこかへお仕置きに連れていこうというのです。伯爵の屋敷でのお仕置きというのは、いっそ死刑の言い渡しを受けたほうが百倍も楽というほどむごたらしいものでした。釣し責めからひっぱり責め、それから頭しぼりに海老《えび》責めと何から何までそろっていました。うちでお仕置きを受けたあとでは、おかみの刑罰などまるで子供だましのようなものでした。建物の床一面に秘密の穴蔵が掘られていて、そこには生きたままの人が熊みたいに鎖につながれていました。ひょっとして近くを通りかかると、鎖がガチャリと鳴ったり、枷をはめられた人のうめき声が聞こえてくることがありました。このことを何とかお役人の耳に入れるか、それともむこうから何か聞きつけてもらいたいものだとみんなが思っていましたが、おかみはもともと口を出すつもりはないのでした。お仕置きは長くつづいて、一生をここで終える人もありました。ある人はいつまでもここにつながれているあいだに、こんな歌をつくったものです。

蛇が這い寄り目玉を吸いだす
さそりが顔に毒をはきかける

この歌を胸の中でつぶやいただけで、思わずぞっとします。本当に熊といっしょに鎖につながれている者さえいました。ほんの指一本か二本のちがいで熊の爪がとどかないだけのことでした。

ただアルカージイに対してはこんな目にはあわすわけにはいきませんでした。というのは、あの人は私の小部屋にとびこむが早いか、あっという間にテーブルをもち上げ、窓をすっかり叩き割ったのです。それから先のことは、私は何ひとつおぼえていません……

私が正気に戻りかけたのは、足がとても冷たかったからです。思わず両足をひっこめると、どうやら私は狼か熊の毛皮の外套にすっぽりくるまっているらしいのです。あたりは真暗闇、どこへ行くのか三頭《トロイカ》の馬で勢いよく走っています。私のそばに二人の男がくっついて、幅の広い橇の上に、坐っていました。そのうち私をかかえているのがアルカージイ・イリイーチで、もう一人の男は力いっぱい馬に鞭をくれているのでした。馬のひずめの下から雪がもうもうと舞い上がり、橇は一秒ごとに左右にかしぎます。両手で身をささえて床板の真中に坐っていたからよかったようなものの、さもなければ、無事ではすまなかったにちがいありません。

たえず何かを待ちかまえているような、心配そうな話し声が聞こえてきます。わかったのはただ《追ってくる、追ってくるぞ。急げ、急げ！》ということばかりで、あとは五里霧中です。

アルカージイ・イリイーチは私が正気に戻りかけたのに気づくと、私の方にかがみこんでこう言いました。

「かわいいリュボーフィよ！　おれたちにゃ追手がかかっているんだ……もしだめだったら、いっしょに死んでくれるかい？」

私はいっしょに死ねたらうれしい、と答えました。

アルカージイがめざしていたのはトルコのルシチューク*でした。そこにはそのころカメンスキイのもとから仲間が大勢逃げ出していたのです。

不意にそのとき、どこかの小川の氷の上をとぶように渡ると、前方に何やら人家のようなものが灰色にうかび上がり、犬どもが吠え出しました。馭者はもう一ぺん馬にびしっと鞭をくれたかと思うと、橇の片側にのしかかって横だおしにしました。私とアルカージイは雪の中へ投げ出されましたが、馭者と橇と三頭の馬たちは、あっという間に姿を消してしまいました。

＊ブルガリアの都市ルシチューク。当時ブルガリアはトルコの支配下にあった。

アルカージイはこう言いました。

「心配することはない。こうして当り前なんだ。あの馭者はとにかくここまで運んできてくれたけれども、おれは奴を知らないし、むこうもおれたちを知らない。お前を連れ出すのに金貨三枚で力を貸してくれたんだが、自分だって助かりたいんだ。これからは、おれたちの運だめしさ。ここはスハヤ・オルリーツァ村だ*。ここには度胸のいい坊さんがいて、命がけの婚礼だって挙げてくれるし、おれたちの仲間も大勢世話してくれたものだ。お礼をすれば、夕方までおれたちをかくまって、婚礼も挙げてくれるさ。夕方になれば、あの馭者がまたやってきて、おれたちはすっかり行方をくらませるだろう」

第十二章

私たちはその家の戸をたたいて、玄関へ上がっていきました。戸を開けてくれたのは当の坊さんでした。ずんぐりした老人で、前歯が一本欠けています。その女房にあたるかなりのお婆さんが火をおこしてくれました。私たちは二人とも、この夫婦のもとに身を投げ出しました。

「お助けください。火にあたらせて、夕方までかくまってください」

お坊さんが訊きます。

「お前さん方は何者かな、物盗りをしたのか、それともただの夜逃げかな?」

アルカージイは答えました。

「私どもはどこからも物を盗ってきたのではありません。カメンスキイ伯爵の非道に堪えかねて、トルコのルシチュークへ逃げていくところです。あそこにはもう仲間がかなり住んでいますからね。追手に見つかることもないでしょう。自分の持金がありますから、一晩とめてくだされば、金貨を一枚、婚礼をさせてくだされば金貨三枚を差し上げます。婚礼はできればということで、だめならルシチュークへいってから、いっしょになります」

坊さんはこう言った。

「だめなことがあるものかね。わしが式を挙げて進ぜよう。ルシチュークまでのばす必要はありませんぞ。全部ひっくるめて金貨を五枚お出しなされ。わしがこの場で婚礼を挙げさせてあげよう」

こうしてアルカージイは坊さんに五枚の金貨をわたし、私は藍玉の耳飾りをはずして坊さんの女房にあげました。

司祭はお金を受けとってからこう言いました。

「いや、お前さん方、こんなのは別にどうということではありませんわい。もっと困った人たちを添わせてあげたこともありますからな。じゃが、あんた方が伯爵の召使というのは問題ですて。いくらわしが僧職の身とはいっても、あの方のむごさはそりゃ恐ろしいので。いや、先のことは何ご

＊オリョールの西方約五キロの村。字義どおりには、瘦雌鷲村《やせめすわし》。

とも神さまのおぼしめしですわい。いかがです、縁《ふち》の欠けたのでもいいからあと一枚金貨をはずんで、それから身を隠しなされ」

アルカージイが坊さんに六枚目の、むろん無傷の金貨を与えると、坊さんはその女房に言った。

「婆さんや、なんでそんなところにつっ立っているんじゃ？　夜逃げしてきた娘さんに、ボロでもいいからお前さんのスカートと胴着を着せてあげなさい。恥ずかしくて見ちゃおれんわい――はだか同然じゃからな」

それから坊さんは私たちを教会へ連れていき、そこにある架裟《けさ》用の長櫃《ながびつ》にかくまってくれようとしました。ところが坊さんの女房が物かげで私に着物を着せはじめたとたん、だれかが戸口の輪金をガチャガチャ鳴らす音が聞こえてきました。

第十三章

私たちは二人とも、心臓がとまるかと思いました。坊さんがアルカージイに言いました。

「どうやら架裟櫃《けさびつ》へは間に合わないから、早くあの羽根布団の下へもぐりなされ」

私にはこう言いました。

「あんたはさあ、こっちじゃ」

大急ぎで私を掛け時計の箱の中に押し込み、錠をおろすと、鍵をポケットの中へ入れ、新手の訪問者のためにドアを開けにいきました。人声から察するとかなりの人数のようで、戸口に立っている者のほかに、二人はもう表から窓ごしに中をのぞきこんでいました。

はいってきた追手は七人でした。みな伯爵の狩のお供たちで、手に手に分銅のついた棍棒や狩猟用の編んだ鞭をもち、腰帯には猟犬をつなぐ革紐をさしています。八人目の男は伯爵家の執事で、高い立襟のついた裾長の狼の毛皮外套を着ていました。

私のかくれていた箱は前面がすっかり格子細工になっていて、古い薄手のモスリンが張ってあり、その布をすかして外がのぞけたのです。

年とった司祭は、まずいことになったとおじけづいたのでしょうか、執事の前に立つとがくがくふるえながら、十字を切って早口でまくし立てました。

「おやおや、これは皆さん方、おそろいで。わかっています、わかっています、何をおさがしになっているかがね。ただこのわしは、伯爵閣下に対して、何にも罪はありませんぞ。何ひとつやましいことはしておりませんでな、何ひとつ、何ひとつ」

そう言いながら十字を切るたびに、指で左の肩ごしに、私のかくれている時計箱をさすのです。

その妙な手振りを見て、「もう駄目だわ」と私は思いました。

執事もこれに気づいて、言いました。

「おれたちにはみんなわかっているんだ。あの時計箱の鍵を出せ」

坊さんはまた片手をふりまわしながら言います。

「おやおや、これは皆さん方。まことに申し訳ないことじゃが、鍵をどこにしまったか、度忘れしてしまいましたぞ、ほんに度忘れじゃ」

そう言いながらも、もう一方の手でポケットあたりをなでるのです。

執事はこの奇妙な仕草にも感づいて、ポケットから鍵を取出すと、私の戸を開けて言いました。

「出てくるんだ、花嫁さん。こうなりゃ花婿は自分から名のり出てくるさ」

そう言い終るより早く、アルカージイがあらわれました。坊主の布団を床にふりすてて、立ちはだかったのです。

「いかにも、おしまいだ。おれの負けだよ。さっさとおれを連れてって、煮るなり焼くなり勝手にするがいいや。ただこの女は何にも罪はない。おれが力づくでさらってきたんだからな」

そう言ってから坊主の方をふりむくと、物も言わずに、ぺっと唾を吐きかけました。

坊主はこう言いました。

「いやどうして、皆さん。これは聖職と信仰に対する何たる侮辱でしょうか？　このことはきっと伯爵閣下にご報告願いますよ」

「心配することはない、報いはみんな奴の身にふりかかるのだから」と執事は答え、アルカージイと私を連れ出せと命じました。

私たちは三台の橇に分かれて乗りました。先頭の橇には紐でいましめたアルカージイを狩人《かりうど》たちと乗せ、私は同じような見張りをつけて後《うしろ》の橇に乗せられ、中の橇にはあまった連中が乗ったのです。

途中で出会った人びとは、道をよけてくれました。婚礼かと思ったことでしょう。

第十四章

私たちはたちまち帰り着いてしまいました。伯爵の屋敷に駆けこんだとき、アルカージイを乗せた橇はもう影も形もなく、私は元の場所へ連れていかれて、それはしつこい訊問責めにあいました。どれほどアルカージイと差し向かいでいたか、というのです。

私はだれかれなく、答えました。

「いいえ、これっぽちも！」

こうなりますと、おそらく生まれついての私の運命、つまりいとしい人どころかいとわしい人と添わねばならぬという定めを、逃れるすべはなかったのです。そこで自分の部屋へひきこもり、わが身の不幸を涙にまぎらわそうと頭を枕に埋めようとしたとたん、床の下から恐ろしい呻き声が聞こえてきたのです。

私たちの住まいはこうなっていました。木造の建物の二階に女の子たちが住み、下は天井の高い大きな部屋で、歌と踊りの稽古場になっていたのですが、そこからはどんな物音でも筒抜けに聞こえてくるのでした。きっと地獄の大王のサタンが情知らずの男たちに入れ智恵をして、アルカージイを私の部屋の真下でお仕置きするようにしむけたのです……

この音はアルカージイを責めさいなんでいるのだとすぐに感づいた私は、さっとはね起き、あの人のもとへ駆けつけようとしてドアの方へ突き進みました。でもドアには鍵がかかっています。自分でも何をしたかったのか、わかりません。倒れると、床に耳がついて物音は一層よく聞こえます……死にたくとも、ナイフ一丁、釘一本、何もないのです……私は不意にお下げにした髪を首に巻きました。喉のまわりにぐんぐんとねじり上げていくと、耳鳴りがはじまり、目がまわり出し、やがて何の感覚もなくなりました……正気に戻りかけたのは、今まで見たこともない場所で、広い明るい小屋の中でした……そこには仔牛がいました……たくさんの仔牛、おそらくその数は十頭あまり、みんなとてもかわいらしく、寄ってきては冷たい唇で私の手をなめるのです。母牛の乳でも吸ってる気でいるのでしょう……実はそれがくすぐったくて、目がさめたのです……あたりを見まわしながら、ここはどこかしらと思いました。見ると、女の人がはいってきました。かなりの年輩の、背の高いお婆さんで、上から下まで青い縞《しま》のはいった木綿の服を身につけ、同じ布のこざっぱりしたネッカチーフを頭にかぶって、やさしそうな顔をしています。

この女の人は私がわれにかえったのに気づくと、わたしをいたわってくれ、ここは同じ伯爵家の牛小屋だということを教えてくれました……《それはね、ほらあの辺にあったのだよ》と、リュボーフィ・オニーシモヴナは説明しながら、半分くずれかけた灰色の塀の一番遠い隅の方角を指さした。

リュボーフィ・オニーシモヴナが牛小屋に入れられたのは、彼女が気ちがいになったのではないかと思われたからだった。畜生に似かけた人間は家畜小屋に入れて試すことになっていた。というのは、もともと牛飼いは年配の落ち着いた連中なので、精神異常をよく《観察》できると考えられていたからである。

リュボーフィ・オニーシモヴナが正気づいた小屋にいた縞服のお婆さんはとても親切な女で、ドロシーダという名前だった。

「そのお婆さんは自分の寝仕度をすませるとね」とお守りのリュボーフィは話をつづけた。「私にも新しいカラス麦の藁で寝床をつくってくれました。羽根布団のようにふんわりと敷きつめてくれると、こう切り出したのです。

《ねえ、娘さん。お前さんには何にもかくし立てはしませんよ。あんたの身の上はそれはそれとして、私だってあんたと同じで、一生この縞服を着通したわけではないんだよ。ほかの暮らしを見たこともあったけれど、なあに今さら思い出しても仕方がないのさ。ただこれだけは言っておくがね。牛小屋へ追われてきたのを苦にするんじゃないよ。本宅よりもこっちの方がいいのさ。でもこの恐ろしいびんにだけは気をつけるんだよ……》

そう言うと首に巻いたスカーフの中から白っぽい丸型のガラスびんを出して、私に見せてくれました。私はたずねます。
《それは何ですか？》
お婆さんは答えます。
《これは恐ろしいびんだよ。中には物忘れの毒がはいっているのさ》
私は言います。
《私にも忘れるための毒をください。何もかも忘れてしまいたいのです》
お婆さんが言うには――
《飲まないほうがいいよ、これはウォトカなんだよ。あるとき、自分で抑えがきかなくなっちまってね、ぐっと飲んだのさ……親切な人が飲ませてくれたんだよ……今じゃもう飲まずにゃいられない。わしは飲んだほうがいいのさ。でもあんたはできるだけ飲まないほうがいいよ。わしがこうやってちびちびやるのを、とがめないでおくれ。辛くて仕方ないのだからね。あんたにはまだこの世に慰めがあるんだよ。神さまのおぼしめしで、あの人はとうとう魔手からのがれられたからね》
《死んだのね》と、私は思わず叫んで、髪の毛をつかみました。見るとそれは私の髪ではなくて、真白なのです……これは一体どうしたことでしょう。
お婆さんは私に言いました。
《しっかりおし、しっかりするんだよ。あんたの髪は、お下げを首からほどいてもらったときから、もう白くなっていたんだよ。でもあの人は生きている。もうどんなむごい仕打ちからも救われたのさ。伯爵があの人に、今までだれもこうむったことがないお情けをほどこしたんだよ。夜になったら、みんな話してあげよう。今はもう少し、ちびちびなめさせておくれ……こいつが終わらないことにはね……何しろ胸がうずいてやりきれない》

そう言いながら、少しずつ酒をやっていましたが、やがて寝入ってしまいました。

夜になってみんなが寝しずまったころ、ドロシーダ小母さんはこっそり起き上がり、火もともさずに窓辺に近寄りました。見ていると、立ったまままた例のびんをかたむけてから元の場所にかくし、小声で私にたずねます。

《悲しい娘さんは寝てるかい？》

私は答えます。

《起きてます》

お婆さんは私の寝床のそばまでやってきて一部始終を話してくれたのですが、それによると、伯爵はお仕置きのすんだアルカージイを呼び寄せ、こう言ったのでした。

《きさまは、わしが前から約束していたとおりの憂き目をもれなく体験せねばならぬところじゃが、日ごろわしのお気に入りであったによって、情けをかけてやろう。あしたきさまを定員外の兵隊に出すことにするが、きさまが伯爵かつ貴族たるわしの弟のピストル遊びにびくともしなかったことを賞《め》でて、きさまに名誉ある道を開いてやろう。きさまが発揮したあっぱれな心根に不似合いな低い位置にはつけたくない。きさまをすぐに戦場に派遣するよう、手紙を書いてやる。きさまは一兵卒ではなくて、連隊づきの軍曹として勤務するんだ。勇敢なところを見せるんだぞ。これからはわしではなくて、陛下にお仕えするんだ》

《あの人もね》縞服のお婆さんは言った。《今では前より気楽になって、こわいものなしさ。気ままにならないことといったら、戦《いくさ》だけはしなきゃいけない。でも旦那のお仕置きとは縁が切れたんだよ》

私はすっかりそのとおりだと思い、三年のあいだ毎晩、アルカージイ・イリイーチが戦争をしている様子を夢に見ていました。

こうして三年の月日がたちましたが、そのあいだ神さまのお慈悲で劇場へは戻されずにすみ、ドロシーダ小母さんの助手としてこの牛小屋で暮らすことができました。この小母さんの身の上がかわいそうで、あんまり酔っぱらわない夜などは、話を聞かせてもらうのがとっても楽しみでしたからね。小母さんは老伯爵が召使たちに斬り殺されたときのことをまだおぼえていました。首謀者は従僕頭でした。というのは、誰だって地獄のような主人の残忍さをそれ以上我慢できなかったからです。――それでも私はまだ酒の味を知らず、ドロシーダ小母さんに代わってすすんでいろんな用事をしました。仔牛たちはわが子のような気がしました。この動物にすっかり情が移ってしまい、丹精して育てた仔牛が食肉にされるため屠殺場へ曳かれていくときなど、私はきっとその牛に十字を切ってやり、三日ばかりは泣きつづけたものです。芝居には私はもう役立たずになっていました。脚がうまく動かせず、軽くびっこをひくようになっていたからです。以前私の歩き方ときたら世にも軽やかなものでしたが、アルカージイ・イリイーチが気絶した私を寒気の中へ連れ出したあの日以来、脚が冷えこんだためでしょう、踊りのため必要な爪先に力をためることが全くできなくなってしまいました。

そこでドロシーダ小母さんと同じように、私は縞服を着させられる身のうえになり、いつまでそのわびしさがつづくものやら見当もつきかねていたのですが、そんなある日の夕刻前、自分の小屋にこもっていたときのことです。お日さまが沈みかけ、私が窓辺で紡ぎ糸の玉をほぐしていると、不意にその窓から小石がとびこんできました。石はすっかり紙にくるんでありました。

第十六章

私はあちこち見まわし、窓の外ものぞいてみましたが、人影はありません。

《これはきっと誰かが表から塀ごしに投げこんだものの、狙いが違い、私とお婆さんのところへとびこんだのだろう》と私は思いましたが、なお胸の中で思案をつづけました。《この紙を拡げてみたほうがいいのかしら。多分、拡げたほうがよさそうだわ。きっと何か書いてあるにちがいないから。ひょっとして、これはだれかにとって、必要なものかもしれない。それは察しがつくから、秘密は胸にしまっておいて、書付けと小石とをいっしょに同じやり方で然るべき名宛人に投げてやればいい》

紙をひろげて読みだした私は、われとわが眼が信じられませんでした。

第十七章

そこにはこう書かれていました。

《わが忠実なるリュボーフィよ！　私は陛下にお仕えをして方々で戦い、何度も血を流したおかげで将校の位と貴族の身分をもらった。今度傷の治療のために休暇で帰省し、プシカーリ村の旅籠屋《はたごや》の亭主のところに泊まった。あしたはいろいろな勲章をさげて伯爵の前にまかり出るつもりだ。そのさい傷の治療費として支給された五百ルーブルを全部もっていき、その金であんたを請け出し、いと高き創造主の祭壇の前で婚礼をあげたいと思っている》」

「その先には」とリュボーフィ・オニーシモヴナはあいかわらず感情をおさえながらつづけた。「こんなことも書いてありました。《あんたがどんな災難にあい、どんな不幸をなめたかわからぬが、私はそれをあんたの罪とも欠点とも思わず、ひたすら受難を考え、神の御心にまかせて、あんたには尊敬の念だけをいだいている》。そして署名には《アルカージイ・イリイン》とありました。イリインというのはイリイーチのことにちがいないとわたしにはわかりました」

リュボーフィ・オニーシモヴナはすぐにこの手紙をペチカの口で燃やして、このことは縞服の婆さんはじめだれにももらさず、一晩中神に祈っていた。それも自分のことはひと言も口にせず、アルカージイのためだけに祈っていた。というのは「あの人は自分がもう将校になって十字章だの戦傷だのをうけたと書いているけれど、あの伯爵が昔とちがう態度をとるなどとはぜったい想像もできない」からであった。

つまり彼女は、昔のようにいじめられるのではないかと心配でならなかったのである。

第十八章

あくる朝早く、リュボーフィ・オニーシモヴナは仔牛たちを日なたへ連れ出し、小さな桶に入れたパンくずを牛乳といっしょに食べさせていたが、そのうち突然、塀の向こうの《自由な側で》人びとがあわただしくどこかへ駆けていきながら、口早に話し合っている声が聞こえてきた。

「何をしゃべっているのかひと言も聞きとれませんでしたがね、その言葉は匕首《あいくち》みたいに、私の胸に突き刺さる気がしました。そのときちょうど門内に肥運びのフィリープが荷車ではいってきましたので、私はこうたずねました。

《ねえ、フィリープ！　お前さん、聞かなかったかい、あの人たちは何をあわてて駆け出し、さも珍しいことがあったみたいにしゃべっているんだい？》

フィリープはこう答えました。

《ゆうべプシカーリ村でな、旅籠屋の亭主が眠っている将校を刺し殺しちまったんで、その現場を見物に行くのさ。もののみごとに喉をかっ切って、五百ルーブルふんだくったんだ。もう捕まっているが、全身血だらけで、金も身につけていたそうだ》

この話を聞いたとたん、私はへなへなとその場にくずれおちてしまいました……フィリープの言ったとおりだったのです。旅籠屋の主がアルカージイ・イリイーチを刺し殺したのでした……そしてあの人はちょうどここ、今私たちの腰かけているこのお墓に葬られたのです……そうですとも、あの人はこの私たちの足の下、この土の中に寝ているのです……散歩のたびに、私がどうしてこんなところへお連れするのか、不思議に思われたことでしょう……私はあっちは見たくありません」と婆やは陰気な灰色をした廃墟を指さしながら言った。「ここであの人のそばに少しでも坐っていてあげたいのです……そしてあの人の魂のために、ほんのひとしずくだけでも供養になればね……」

第十九章

ここでリュボーフィ・オニーシモヴナは言葉を切った。そして物語にけりがついたと思ったらしく、ポケットから小さなびんをとり出して、《供養》つまり《一献》をはじめたが、私は彼女にこうたずねた。

「その有名な髪結いの芸術家をここへ葬ったのはだれなの？」

「県知事さんですよ、坊や。県知事さんがじきじきお葬式に見えたんです。当たり前ですよ、士官なんですからね。お経のあいだあいだには、輔祭さんも司祭さんも《貴族》アルカージイとお呼びになったし、お棺をお墓の穴に下ろすときには、兵隊たちが鉄砲を空に向けて空砲を射ったもんですよ。旅籠屋の主人のほうはそれから一年ほどたって、イリインカの広場で刑吏に鞭で懲らしめられました。アルカージイ・イリイーチ殺しの罪で四十三の鞭をくらいました。うちの男衆で都合のいい連中は見物に行きましたが、あの先代の残忍な伯爵を殺《や》った下手人たちの仕置きを憶えていた老人たちは、四十三の鞭はまだ軽いほうだと言っていました。それはアルカージイが平民の出だからで、伯爵殺しのほうは百一の鞭をくらったそうです。ずいぶん半端ですけれどもね、法律では鞭の回数は偶数ではなく、かならず奇数でなければいけないのです。そのときはわざわざトゥーラから刑吏を連れてきて、仕事にかかる前にラム酒を三杯のませたということです。この男は百回はただ苦しませるつもりで叩いて、相手を生かしておいたのだけれど、百一回目には力一杯ピシリとやって、背骨をすっかり砕いてしまいました。板から起こそうとしたときにはもう虫の息で……こにくるんで牢屋へ運んでいく途中で死んだんです。トゥーラの男は《もっとだれかを叩かせろ――オリョール中の奴らをぶっ殺してやる》とどなり散らしていたそうですよ」

「それで婆やはその人のお葬式に行ったの？」と私はたずねた。

「行きましたとも。仲間とみんなで行ったのですよ。伯爵の言いつけでね、芝居者はみんな連れていけ、うちの召使の中からこんなあっぱれな者が出たのをよく見ておけ、ということになったのですよ」

「お別れもしたの？」

「もちろんですよ！　みんなそばまで行って、お別れをしたんです。私もね……すっかり変わり果てて、これがあの人かと見分けがつかないくらいでしたよ。やせこけて、まっ青な顔をして……人の話では、血がすっかり出尽くしてしまったんですって――なにしろ真夜中に斬り殺されたものだからね……あの人はいったいどれほど血を流したんでしょう……」

彼女は口をとじて、考えこんだ。

「婆やは、それからどうしたの？」と私はたずねた。

彼女ははっと我にかえったようで、額をなでると、

「初めのうちはまるっきりおぼえがないのですよ、どうやって家に帰ったものかね。みんなといっしょだったから、多分、だれかが連れてきてくれたのでしょう……でも夜になってドロシーダ・ペトローヴナが言うにはね、

《ねえ、そりゃいけないよ。眠りもしなければ、横になって石みたいに固くなっているだけじゃないか。これじゃ体にわるいよ。泣いてごらん、思いっきり泣いて、悲しいことを流してしまうのさ》

私は答えました。

《それができないの、小母さん。胸の中がまるで炭みたいに燃えていて、涙も出ないの》

小母さんは言いました。
《そうかい、いよいよこのびんの世話になるんだね》
そう言いながら小母さんは自分のびんから私に一杯ついでくれました。
《今まではこんなものをやってはいけないと止めてきたけれど、こうなったらもう仕方がないね。胸の火を消すために、なめてごらんよ》
私は答えます。
《ほしくありませんわ》
《お馬鹿さんだね。だれがはじめっから飲みたくて飲むもんかね。酒はそりゃ苦いもの、でも悲しみの毒はもっと苦い。この毒を胸の火にそそいでごらん。しばらくのあいだは消えてくれるよ。さあ、ぐっとおやり、吸ってごらんよ！》
私はすぐにそのびんの酒を飲みほしてしまいました。いやな味がしましたが、それを飲まないと眠れなかったのです。次の晩もやっぱり……飲みました。今ではこれがないと寝つけなくなり、自分でもこんなびんまで手に入れて、酒を買っているんですよ……でも坊やはいい子だから、お母さんに言いつけるんではありませんよ。庶民はいたわってやらなければなりません。庶民はいつも受難者なんです。家に帰る途中、居酒屋の角のところで私は小窓をトントンとたたくんです……まさか自分であの店にはいるわけにはいきませんからね、空びんを入れると、新しいのを出してくれるんですよ」

私はその気持が身にしみて、どんなことがあってもその《小びん》のことは口外しないと固く約束した。

「ありがとう、坊ちゃん。告げ口しないでくださいよ。これがないと生きていけないのですからね」

私は今でも婆やの姿がありありと目にうかび、その声が聞こえるような気がする。毎晩家の中が寝しずまると、彼女は骨の節を鳴らさぬようにそっと寝床から身をおこす。しばらく耳を澄ませてから起き上がり、冷えこんだ長い脚で窓辺に忍びよる……一分ほどたたずんで、あたりを見まわし、寝室からママが出て来はすまいかと聞き耳をたてる。それから例の《小びん》の頭にそっと歯をあてると、ぐっと口のほうに傾けて、《一杯やる》のであった……ごくり、ごくり……そうやって胸の火を消して、アルカージイの供養をし、また寝床にもどっていく。すっと毛布の下にもぐりこむと、まもなくかすかな、実にかすかなスー、スーという寝息が聞こえてくる——もう寝入ったのである。

これ以上すさまじい、胸をえぐるような追善供養を私はこの年になるまで見たことがない。

（中村喜和　訳）

駆け落ちの流儀

中村喜和

愛し合っている一組の男女がいて、周囲の事情が彼らの結婚を許さない場合、最後の手段が駆け落ちであることには洋の東西を問わないようである。中世ロシアでは当事者が森に分け入って大木のまわりを三回まわれば結婚が成立すると考えられていたらしい。ロシアにキリスト教が普及するにつれて、巨木信仰のほうは衰えた。駆け落ちさえできれば、そのあと教会の司祭の前で神に誓うと、結婚は成立したものと認められ、あとは一年ほど経ってから両親の足元に身を投げ出して詫びを入れればどんなに冷酷な親でも許さざるを得ない、と思われていたのだ。

『髪結いの芸術家』でも、駆け落ちは重要なモチーフになっている。その髪結い名人が疾走する橇の中でヒロインにささやく言葉には必死の思いが込められていて、聞き捨てにはできない。くだんの無慈悲な地主屋敷は中央ロシアのオリョールにあったのだから、橇は黒海のある南の方向に向かって突き進んだのであろう。ロシア平原を南流して黒海にいたるドニエプルやドンの河口はカザーク（=コサック）の根拠地で、本来コサックは逃亡農奴から成っていたのである。宗教の点でも、コサックと呼ばれる人々の中には旧来の儀礼を墨守するいわゆる「古儀式派」に属する人々が少なくなかった。

やはり黒海に流れ込む欧州の大河ドナウ川の河口にはロシア語を母語とする古儀式派教徒が住みついていた。現在ルーマニア共和国の中の少数民族として認められているリポヴァン人がそれで、彼らの人口は十万人と言われている。レスコフがこの小説を書いた時期にそのリポヴァン人の「解放区」の噂が中央ロシアの農奴の間に広がっていたことは大いに興味をかきたてられる。髪結いの芸術家と農奴劇団の看板女優のカップルがもし地主の追っ手につかまらなかったら、今ごろはドナウのデルタに彼らの子孫を残したことであろう。

解説　物語作家ニコライ・レスコフ

小説家ニコライ・レスコフ（一八三一－一八九五）は言葉の芸術家と呼ばれ、その特異で多彩な作品にはさまざまな評価がなされてきた。とくに注目されているのは、ロシアでは稀少とも言える物語作家の姿だろう。ワルター・ベンヤミンは『物語作者――ニコライ・レスコフの作品についての考察』を書き、レスコフの作品を一つ一つ読み進めながら、物語作者なるものを考察している。「物語る技術は終焉に向かいつつあり、何かを物語ることができる能力をもつ人に出会うことがまれになってきている」と述べ、物語る能力が失われるとは「経験を交換する能力」が失われることだと考える。そうしたいわば原初的な能力をもち、それを発揮した作家としてレスコフがとらえられている。レスコフが作品の導入部でよく使う手法に、「語り手が列車の車内で、あるいは船で、たまたま乗り合わせた客がこんな話をした」と語り始める書き方がある。これをレスコフの常套的な手法だとして否定的に見る評者もいるが、ベンヤミンは、それは語り手の痕跡を残すためであり、語り手が自分の体験だと言い切れない場合に、他の人から聞き知ったときの状況から話を始めているのだと理解する。今回のレスコフ作品集には収録していないが、ラドガ湖をわたる船の中での会話から始まる中編『魅せられた旅人』も、まさにそのような書き方で始められている。批評家ミハイロフスキイは一八九七年に書いた論文の中で『魅せられた旅人』のような作品を「小噺《アネクドート》をつなぎ合わせた鎖」のようだと書き、レスコフは「小噺《アネクドート》の語り手」にすぎない二流作家であると主張したが、そこに書かれた一つ一つの物語が、主人公の体験そのものであり、その遍歴の体験を聞き手に語り伝えようとする主人公の姿と声、そしてその話に耳を傾ける聞き手たちの表情は、ミハイロフスキイの視野に入ってはいない。『魅せられた旅人』が書かれたとき、草稿での題名は『黒土地帯のテレマック』だった。これはもちろん、フランスの作家フェヌロンが書いた『テレマックの冒険』を念頭に置いてつけられた題名である。テレマックとはテレマコス、つまりホメロスの『オデュッセイア』の主人公オデュッセウスの子たるテレマコス王子が、『オデュッセイア』第四歌のあと、さまざまな苦難に遭ったことを想定して書かれた物語の主人公なのである。『魅せられた旅人』の作者の構想の背後に叙事詩『オデュッセイア』や『テレマックの冒険』があったということは、レスコフのまなざしがどこに向けられていたかを暗示しているのではあるまいか。『魅せられた旅人』の主人公イワン・フリャーギンが語る遍歴のさまざまなエピソードも、『オデュッセイア』や『テレマックの冒険』を背景に置いてみれば、そこには「小噺《アネクドート》をつなぎ合わせた鎖」以上のものがあることがわかる。

もうひとつ忘れてならないのは、レスコフの作品の特徴とも言われる「語り」の問題である。『魅せられた旅人』の第一章はラドガ湖を行く船の描写から始まっているが、最初にこれを語るのは作者に擬せられた「語り手」である。しかし第二章になると、「元・馬鑑定人のイワン・セヴェリヤーヌィチ、すなわちフリャーギン氏は、その身の上話を次のように始めた」と書かれたあと、語り手がフリャーギンになっている。時々、最初の「語り手」が物語を語る場面もあるが、ほとんどがフリャーギンの語る話で占められているのである。

こうした語り手の交替はレスコフの他の作品にも多い。『髪結いの芸術家』もそうした作品だ。作者に擬せられた「語り手」が物語を語り始めるが、第三章からあとの大半は、かつて「語り手」の弟の乳母だったという老いた女性リュボーフィ・オニーシモヴナが語り手になって、若き日の体験を「語り手」に話し聞かせるというスタイルになっている。「私」という「語り手」が語る物語の中に、もう一人の「私」（リュボーフィ・オニーシモヴナ）があらわれて物語を語るという構造になっているのだ。他の作品でも、そうしたさまざまな「私」の語る物語が、それを語るさまざまな「私」の言葉づかいで書かれている。レスコフが「言葉の魔術師」と呼ばれ、その民衆語の理解の深さが語られるのも、彼が駆使する言葉の多様性によるのだろう。若き日のレスコフのロシア遍歴の体験が大きな意味をもっていることがわかる。

もうひとつ「物語作家」レスコフという名に隠れて、これまであまり注目されなかったことがある。「物語」と言えば、それはフィクションのことで、レスコフという作家は、そうしたフィクション作品をつぎつぎに生み出したストーリーテラーという位置づけが多くなされてきた。しかし彼が書いた作品を見ると、不思議なことに気づく。一八六二年というのはレスコフが文学活動を始めたばかりの年だが、この年に書かれた作品に『もみ消された事件』（のちに改作、改題されて『干ばつ』となった）という短編がある。これは、ある村が壊滅的な干ばつに襲われたときの事件にまつわる話だ。農民たちは、干ばつは飲んだくれの堂務者（教会の雑役係）の埋葬の仕方が原因だと信じて疑わない。そんなことは迷信だという聖職者らの説得に耳を貸さずに、農民たちは墓から遺体を掘り起こし、遺体から脂を切り出してロウソクを作る。するとその直後に待望の雨が降り出すという話である。また同じ年に書かれた『追い剝ぎ』という短編では、追い剝ぎが出るという話に怯えた百姓が森を通りかかったとき、森の中から出てきた巡礼を追い剝ぎだと思って殴り殺してしまう。いずれも現実にはありそうにない話だが、これらは現実に起こった話として書かれている。現実と虚構が重なり合うストーリーの運び方は、レスコフの初期の作品だけでなく、自伝的とされる作品を含めて、後期の多くの作品にも見られるものだ。かりにこれがフィクションだとしても、作者はなぜ現実にあった出来事という形式にこだわるのだろう。これとは逆に『左利き』のように、最初は自分が聞いた話だという注釈まで付けながら、あとになって、あれはすべて自分で作り出したフィクションの物語なのだと釈明する作品もある。レスコフの「物語」や「独特の語り《スカース》」を考えるとき、そうした作品の特徴も合わせて検討する必要があるだろう。

レスコフの作品はいくつも日本語に翻訳されており、神西清をはじめ、米川正夫、木村彰一ほか幾人もの訳者がレスコフを日本に紹介している。田舎町の聖職者たちを描いた年代記小説の長編『僧院の人々』、分離派教徒たちの聖画像をめぐる中編『封印された天使』、屋敷を逃げ出した農奴が、夢にあらわれた修道士の予言どおりに波乱万丈の人生を歩み、その半生を語る中編『魅せられた旅人』、田舎町の商人のもとに若くして嫁いだカテリーナ・イズマイロワの凄まじい情念と犯罪を描いた中編『ムツェンスク郡のマクベス夫人』、中部ロシアの町オリョールの農奴劇場の元女優が自分の身に起こった不幸な物語を少年に語る短編『髪結いの芸術家』（神西清訳では『かもじの美術家』）など、レスコフの代表作とされる作品がいくつも日本語に訳されている。しかしそれらはレスコフのごく一部であり、全体像からはほど遠い。一八八〇年代の多くの短編など、そのほとんどはまだ日本語に翻訳されておらず、日本でレスコフは十分に知られているとは言い難い。

さすがにロシアでは、レスコフは日本よりもはるかに多く出版されているが、じつはロシアでもレスコフの全貌はまだ明らかになっていないと言わねばならない。ここでロシアにおけるレスコフ著作集の出版のおよその歴史をたどってみると、ロシアで出た最初のまとまった著作集は、一八八九年から一八九六年にかけてスヴォーリン社から出版された全十二巻の『レスコフ著作集』である。第一巻から第十巻まではレスコフの生存中に一八八九年から九〇年にかけて全十巻著作集として発行され、その後一八九三年に第十一巻が加えられて、さらにレスコフの死後、一八九六年に第十二巻が刊行された。現在ロシアで刊行されているレスコフ作品のほとんどは、この『レスコフ著作集』を底本にしている。この著作集の第六巻は数奇な運命を辿った。当初出版を予定されていた第六巻には『僧正生活片々』、『零落した一族』など八編が収録されていたのだが、この巻は検閲により発禁処分になった。結局第六巻はすでに第十巻までの刊行が終ったあとの一八九〇年になって、ようやく、『零落した一族』が残されたほかは、最初とまったく異なる作品を収録することによって出版された。この著作集は、その後一八九七年にマルクス社から「全集」と銘打って再び出版されたが、内容は全十二巻著作集と同じである。

つぎに一九〇二年から一九〇三年にかけて全三十六巻の『レスコフ全集』がマルクス社から出版された。これはロシア革命以前に出版された著作集のなかではもっとも充実しているが、注釈などはなく、十二巻著作集に収録されなかった作品は新たに八編が加えられたのみで、各巻のページ数も少なく、とても「全集」と呼べるものではなかった。

その後、ソヴェト期にはいってから、まとまったレスコフ著作集は長く発行されなかったが、スターリン死後の一九五六年から五八年にかけて、ようやく全十一巻の『レスコフ著作集』（国立文芸出版所）が発行された。これはソヴェト期に出版された著作集としてはもっとも充実している。各巻に著作の初出と使用テキストの説明を含む注釈が付けられており、難解な語句の注釈もある。それまでの著作集になかったレスコフの評論や回想、書簡が初めて収録され、巻末には詳細な年譜も添えられていた。私も長くこの十一巻著作集を頼りにレスコフを読んできたが、これには三十六巻全集のうち五巻を占めていた長編『いがみ合い』ほか重要な作品が、（おそらく作品の思想的傾向ゆえに）収録されなかった。その後、この著作集をいくらか補う著作集も全十二巻、全六巻などで出版されたが、十一巻著作集を補う意図は明らかなものの、これも部分的な補訂にすぎなかった。

一九九六年になって、ようやく本格的なレスコフ全集の出版が始まった。全三十巻の『レスコフ全集』（出版社はTERRA）である。第一巻からして内容が一新され、短編『追い剝ぎ』とエッセイ『シェフチェンコとの最後の出会いと最後の別れ』のほかは、すべて、それまでの著作集には収録されたことがなく、新聞や雑誌に掲載されただけという点を見ても、これがいかに画期的な全集であるかがわかる。第一巻の前書きに書かれているとおり、これこそ最初の「レスコフ全集」の名にふさわしいものだ。無署名の著作も、検討の上、レスコフの筆と思われるものは「未定稿」として収録されており、レスコフの全貌がようやく姿をあらわしたかと思われたが、この出版が順風満帆に進んだわけではない。出版が開始された一九九六年からすでに二十三年になるが、二〇一九年現在、刊行されたのは、まだ第十三巻までである。全三十巻の完結まであと何年かかるかわからず、この全集は本当に完結するのかと危ぶまれるほどである。この年月の間に編集スタッフが幾人も世を去ったことが主たる原因と思われるが、そのほかに出版社や財政の事情もあるのかもしれない。そうした状況を見つめつつ、この素晴らしい全集の完結を願わずにいられない。

作品集2の底本には、『アレクサンドライト』は『レスコフ著作集』（全十二巻、モスクワ、プラウダ出版所、一九八九）第七巻を使用し、そのほかは『レスコフ著作集』（全十一巻、モスクワ、国立文芸出版所、一九五六－五八）第七巻、第八巻を使用した。同時に『レスコフ全集』（全三十六巻、ペテルブルグ、マルクス社、一九〇二－〇三）その他の版も参照した。作品集2に収録した『髪結いの芸術家』は、すでに神西清訳の『かもじの美術家』としてよく知られている作品だが、今回、中村喜和氏に作品集2の共訳者になっていただき、新訳を収録することができた。『ジャンリス夫人の霊魂』、『小さな過ち』も中村氏の新訳である。

この解説でベンヤミンについては、三宅晶子訳「物語作者」(『ベンヤミン・コレクション2』エッセイの思想、ちくま学芸文庫、一九九六)を参考にさせていただいた。

作品解説

『アレクサンドライト』

初出は月二回発行の雑誌『処女地』、一八八五年第六号。翻訳の底本としたプラウダ出版所版『レスコフ著作集』(全十二巻、一九八九)の注では、初出が「一八八四年」とされているが、「一八八五年」が正しい。構想段階では『地下の預言者』、『火の柘榴石』などの題名も考えられたが、初出時の題名は『偶話譚、アレクサンドライト　神秘主義の光に照らされた自然界の真実』。レスコフは一八八七年に出版した『偶話譚』にこれを収録し、生前の著作集では、この短編を含めて十作品を「偶話譚」に分類している。執筆に先だってレスコフはプィリャーエフに手紙を書き、紅柘榴石《パイロープ》についての情報提供を依頼し、題辞にプィリャーエフの本から五行を使わせていただいたと断っている。ウォルィンスキイは著書『N・S・レスコフ』で、「偶話譚」の中から唯一『アレクサンドライト』を取り上げ、「レスコフに典型的な、新鮮な何かを提示している」と評価した。

『哨兵』

初出は『ロシア思想』誌一八八七年四月号。初出時の題名は『水難者の救助』。同じ一八八七年に出版された『中編・短編集』第一巻、全十二巻『レスコフ著作集』第二巻（一八八九）にも収録された。語り手は第一章で「これから始まる物語に作りごとは一切ふくまれていない」と述べているが、息子アンドレイ・レスコフの回想でも、これが実際に起きた事件をもとに書かれたとされている。さまざまな登場人物が歴史上の実在人物であり、レスコフは、作品にミレル大尉として登場する本人からこの話を聞いたという。本文に書かれているとおり、ミレル大尉はのちに将軍になり、アレクサンドロフスキイ貴族学校の校長になった。同じ一八八七年に発表されて、『哨兵』とともに他『中編・短編集』に収録された『放浪芸人パンファロン』は、東方伝説にもとづいて書かれた作品だが、『哨兵』発表当時、どちらも他人の生命を救うことによって自分を破滅させた義人を描いた小説として書評で取り上げられた。作品の《主教猊下》のモデルとされるフィラレート（ドロズドフ）府主教は、その物腰や話し方まで登場人物に似ていたという。

『自然の声』

初出は『かけら《オスコルキ》』誌一八八三年第十二号。初出の雑誌版では、バリャチンスキイ元帥と女性客との会話で話題になる作家はポール・ド・コックではなく、イギリスの作家トロロップになっており、ファジエーエフ将軍も、匿名で「副官」とのみ書かれていた。もっとも、この副官のモデルも、ファジェーエフとする説と、やはりレスコフと交流のあったクシェレフ副官将軍とする説がある。

『ジャンリス夫人の霊魂』

初出は『かけら《オスコルキ》』誌一八八一年第四九号、五〇号。初出時の副題は「特異な出来事（文学的回想から）」だった。わずかな変更を加えて『クリスマス物語集』（一八八六）に収録された。題名にもなっているジャンリス夫人は日本ではあまり知られていないが、フランスの地方貴族の娘として生まれ、ジャンリス伯爵と結婚して「ジャンリス夫人」となった女性。オルレアン公の子供たち、ことに後に国王となるルイ・フィリップの養育係をつとめ、数奇な人生を送ったが、八十四歳で亡くなるまでに、小説、お伽話、道徳説話など、約一四〇編もの著作を書いた。ロシアでは一七九一年に劇作家スマローコフによって翻訳された『アデルとテオドール』を皮切りに、カラムジンがいくつもの作品を翻訳して有名になった。十九世紀後半になって話題にされることが少なくなったが、ジャンリス夫人はゴーゴリの『死せる魂』、トルストイの『戦争と平和』、ドストエフスキイの『虐げられた人びと』など、多くの作品でも言及されており、その取り上げられ方にも、ロシアにおけるジャンリス夫人評価の変遷が窺えて興味深い。いずれにせよ、当時のロシアでジャンリス夫人が広く知られていたことは明らかである。『ジャンリス夫人の霊魂《ドゥーフ》』という題名は、一八〇八年にモスクワで出版された本『ジャンリス夫人の精神《ドゥーフ》、あるいは現在までに公刊された彼女の全著作から選び出された描写、性格、規範、思想』（全二巻）からとられたと思われる。これが出版されたのはジャンリス夫人の生前だったので、「精神」と訳すべきところだが、レスコフの小説の題名としては、その内容から見ても「霊魂」の訳語がふさわしい。

『小さな過ち』

初出は『かけら《オスコルキ》』誌一八八三年第四三号。初出では書き出しは「あるひとかどの分別をそなえた人びとのパーティーの席で信仰の有無が話題になった。」だったが、『クリスマス物語集』に収録するとき、「クリスマス週間のある夜のこと」という言葉がつけ加えられた。全十二巻の『レスコフ著作集』第七巻（一八八九）に収録する以前の版では、作品の最後は「このことは今日にいたるまで外部には少しも洩れずにいました。」となっていた。

『髪結いの芸術家』

初出は『芸術雑誌』一八八三年第二号。題名の下に「一八六一年二月十五日なる佳き日の聖なる記念に」とあるのは、言うまでもなく、ロシアで「農奴解放令」が発布された日のことである。一八六一年に農奴解放令が発布された当時、レスコフはペテルブルグで定期的に開かれていた帝室ロシア地理協会政治経済委員会に出席しており、その委員会の報告記事をモスクワの週刊紙『ロシアのことば《ルースカヤ・レーチ》』に書き送っていた。レスコフは一連の記事で、予定されていた委員会が当局の指示で延期されたこと、また、委員会の議論の枠組みは農奴解放令の政治経済面での有効性に留めるべきであり、いかなる批判的な分析もすべきではないとされたことなどを明らかにしている。この記録を見ても、レスコフが農奴解放の問題に当初から深い関心を持っていたことがわかる。

『髪結いの芸術家』は、作者が子供のころに、弟の乳母であったリュボーフィ・オニーシモヴナ（小説の主人公）から聞いた話として書かれている。作品のなかで、カメンスキイ家の元帥ミハイル・フェドートヴィチ伯爵が一八〇九年に農奴の手にかかって殺されたこと、その二人の息子のうち、農奴劇場の運営に力を注いだセルゲイが一八三五年に亡くなり、弟のニコライは一八一一年に亡くなったことが説明されている。それらは歴史的事実であり、作家レスコフと弟アレクセイの年齢が七つちがいであることも、小説に書かれているとおりである。また小説のなかに、カメンスキイ伯爵が復活祭の週に十字架を掲げてやってきたボリス・グレープ寺院の司祭たちに猟犬をけしかけたというエピソードが書かれているが、これについて作者は「この出来ごとはオリョールで大勢の人が知っている。私はこの話を祖母のアルフェーリエワからも、また清廉潔白で知られた商人のイワン・イワーノヴィチ・アンドローソフ老人からも耳にした」とわざわざ注をつけている。祖母の名前も正確であり、アンドローソフ老人についてはレスコフの別の小説でも言及されている。つまり作者のこうした説明は『髪結いの芸術家』が事実にもとづいた話であることを強調しているのである。しかし『髪結いの芸術家』の記述を見ていけば、作品が必ずしも事実に即していないことがわかる。作者の息子アンドレイ・レスコフは、小説の女主人公リュボーフィ・オニーシモヴナについて、この女性が作家の弟アレクセイの乳母をつとめていたことはありえないと述べており、また国立文芸出版所版『レスコフ著作集』第七巻の注を担当したブーフシュタブは、作品中の年代とリュボーフィ・オニーシモヴナの年齢が符合しない点に注目して、レスコフがミハイル・カメンスキイ元帥の時代とその息子セルゲイ・カメンスキイ伯爵の時代を意識的に混同させていると指摘している。小説のなかで、ロシアの皇帝がオリョールに立ち寄ってカメンスキイ劇場の舞台を観るというエピソードを書くとき、レスコフは「そんなある年のこと、何年とはっきりはわからないが、皇帝陛下が行幸の途中でたまたまオリョールを通過されたことがあった（アレクサンドル・パーヴロヴィチ帝だったか、それともニコライ・パーヴロヴィチ帝だったかも判然としない）」と書く。これは作者がどの皇帝であったかを知らないということではなく、むしろここで作者が一種の曖昧化をおこなっていると見るべきだろう。

『髪結いの芸術家』は、レスコフの幼年時代にオリョールの三位一体教会の墓地で、かつてカメンスキイ劇場の女優だったお婆さんのリュボーフィ・オニーシモヴナが話してくれた話を思い出しながら、作者が読者に語りかけるという形をとっている。つまり設定された語り手である「私（作者）」が読者に語る、その話のなかにリュボーフィ・オニーシモヴナの言葉が一人称であらわれ、そのリュボーフィ・オニーシモヴナの話のなかにさまざまな登場人物の言葉があらわれるという構造をもっているのである。小説のなかで語り手が変化し、そのさまざまな「私」の語る話がストーリーを押し進めていく。そしてそのさまざまな「私」の声が、登場人物の人間関係とともに、たがいに響き合っているのである。

たとえば女主人公リュボーフィ・オニーシモヴナと親切なお婆さんドロシーダ・ペトローヴナの二人をくらべてみるとよい。自殺をはかったあと正気に戻ったリュボーフィ・オニーシモヴナを前にしてドロシーダ小母さんは「（ウォトカは）飲まない方がいいよ」と忠告しつつ、自分では、もうウォトカなしではいられないでいる。その後、とつぜん恋人のアルカージイが斬り殺されて、どうにもやりきれなくなっているリュボーフィ・オニーシモヴナを見て、ドロシーダ小母さんは諦めたように彼女にウォトカを勧め、それ以来リュボーフィ・オニーシモヴナは、胸の火を消すためにウォトカなしではいられない日々を送るようになる。「私（語り手）」は、二人の話を思い出しながら、今度はリュボーフィ・オニーシモヴナがドロシーダ小母さんと同じように、みんなが寝静まったあとウォトカのびんを口にあててごくりごくりとやり、やがては寝床にもどっていく姿を、ありありと目に浮かべている。リュボーフィ・オニーシモヴナの生涯のかげに、やはり耐えきれぬ悲しみを胸にいだいていたドロシーダ小母さんの姿が浮かび、さらにそのかげで、何千人、何万人のリュボーフィ・オニーシモヴナが、それぞれにドロシーダ小母さんに慰められつつ、ウォトカをおぼえ、毎晩こっそりと起き上がっては、ごくりごくりとウォトカのびんを傾けて胸の火を消している。彼女らは悲しみを受けつぎ、悲しみを癒やすすべもまた受けついでいくのである。レスコフの「独特の語り《スカース》」とその構造は、登場人物たちがそれぞれに悲しみを胸に秘め、自分の重荷を負って生きている姿と無縁ではない。

小説の舞台となっているオリョールの農奴劇場（カメンスキイ劇場）といえば、ゲルツェンに、同じカメンスキイ劇場の女優の苦しみを書いた小説『どろぼうかささぎ』（一八四八）がある。『どろぼうかささぎ』では、一人の俳優（農奴出身の俳優シチェープキンがモデルとされる）が語る体験談を通して、農奴である女優が自分の人格が蹂躙されることに耐えられず、生命を賭けて自分の意志を貫く悲劇的な姿が描かれ、農奴制的人間関係への憎悪が浮き彫りにされている。しかし『髪結いの芸術家』には、農奴制への憎悪だけでなく、それとは別のもう一つの屈折した視線があることに気づかされる。「髪結いの芸術家」たるアルカージイは、彼が偶然に泊まり合わせたプシカーリ村の旅籠屋の亭主によって、金のために殺されたのである。批評家アンニンスキイも言うように、ここでは「ひとりの庶民が金のためにもうひとりの庶民を殺し、さらにもうひとりの庶民が酒なしでいられなくなった」という構図になっていることを忘れるわけにはいかない。

レスコフ作品の日本語訳リスト

『僧院の人々―年代記―』神西清訳、『新世界文学全集』14、河出書房、一九四二

『魅せられたる旅人』米川正夫訳、穂高書房、一九四八

『邪恋』神西清訳（「邪戀――ムツェンスク郡のマクベス夫人」「眞珠の頸飾り」「かもじの美術家」を収録）、養

徳社、一九四九
『僧院の人々―年代記―』神西清訳、思索選書、二巻本、思索社、一九四九
『真珠の首飾り』神西清訳（「ムツェンスク郡のマクベス夫人」「真珠の首飾り」「かもじの美術家」を収録）、岩波文庫、岩波書店、一九五一
『封印された天使』米川正夫訳（『封印された天使』『マクベス夫人』を収録）、新潮文庫、新潮社、一九五一
二
『ぎっちょの鍛冶屋とのみ』池田健太郎訳、『世界少年少女文学全集』第二部14、ユーモア文学全集）、創元社、一九五七
『魅せられた旅人』木村彰一訳、『世界文学大系』30、筑摩書房、一九五九
『魅せられた旅人』木村彰一訳、岩波文庫、岩波書店、一九六〇
『名工左きき』清水邦生訳、『少年少女世界文学全集』31、ロシア編2、講談社、一九六〇
『かもじの美術家』神西清訳、『集英社版世界短編文学全集』11、ロシア文学19世紀、集英社、一九六三、
『魅せられた旅人』木村彰一訳、『筑摩世界文学大系』86、名作集、筑摩書房、一九七五
『魅せられた旅人』工藤精一郎訳、『キリスト教文学の世界』16、トルストイ・レスコフ・チェーホフ、主婦の友社、一九七八
『封印された天使』米川和夫訳、『集英社版　世界文学全集』53、一九八〇。これには『僧院の人々』神西清訳も収録されている。
『左利き』安藤厚訳、『櫱（NABAE）』第五号、一九八一

『衛兵勤務（一八三九）』岩槻平三（平沢誠樹）訳、『残光』第十号、一九八五
『森の怪人』田辺佐保子訳、『世界こわい話ふしぎな話傑作集』ロシア編、金の星社、一九八七
『ムツェンスク郡のマクベス夫人』中村喜和訳、集英社ギャラリー『世界の文学』13、ロシアⅠ、集英社、一九九一
『真珠のネックレス』田辺佐保子訳、『ロシアのクリスマス物語』、群像社、一九九七
（訳者・岩浅の把握しているリストだが、遺漏があれば、ご教示いただきたい。）

ニコライ・セミョーノヴィチ・レスコフ
(1831-95)

ロシア・オリョール県生まれ。仕事でロシア各地を回ったのがきっかけで1860年から新聞・雑誌に社会評論を執筆し、その後、首都ペテルブルグでジャーナリストとして活動。『ムツェンスク郡のマクベス夫人』、『僧院の人々』、『封印された天使』、『魅せられた旅人』などの中長編や、数多くのすぐれた短編を書き、作家としての地位を確立した。その政治的、宗教的立場の変遷により、ロシアでのレスコフ評価は大きく分かれていたが、ロシア革命後にゴーリキイがレスコフを「言葉の芸術家」として高く評価し、いまやロシア文学史上重要な作家として広く認められている。国外ではワルター・ベンヤミンがエッセイ「物語作者—ニコライ・レスコフの作品についての考察」(1936) を書き、物語作家レスコフが改めて注目された。現在もロシアで全集が刊行中である。

訳者

中村喜和（なかむら よしかず）

1932年長野県生まれ。専門はロシア文献学、ロシア文化史、日露文化交流史。一橋大学名誉教授。著書に『聖なるロシアを求めて』(平凡社、大佛次郎賞受賞)、『おろしや盆踊唄考』(現代企画室)、『遠景のロシア』(彩流社)、『ロシアの風』(風行社)、『武器を焼け』(山川出版社) など。訳書に『ロシア中世物語集』(筑摩書房)、『ロシア民話集』(上・下、岩波文庫)、『ロシア英雄叙事詩ブイリーナ』(平凡社)、チェーホフ『箱に入った男』(未知谷) など。

岩浅武久（いわあさ たけひさ）

1944年兵庫県生まれ。専門はロシア文学、ロシア文化。モスクワ放送局翻訳者、一橋大学、早稲田大学ほか非常勤講師を経て、帝京大学教授 (2009年退職)。論文に「レスコフ文献考」、「ドストエフスキイとレスコフ—その関わりについての覚書」、「『左利き』の旅路—レスコフ・ノート」、「『ムツェンスク郡のマクベス夫人』の文学的背景の考察」、「夢想と覚醒と—ドストエフスキイ覚書」、「若き日の久佐太郎」、エッセイに「冠句逍遥」など。

ロシア名作ライブラリー 15
髪結《かみゆ》いの芸術家《げいじゅつか》 レスコフ作品集2
2020年2月27日 初版第1刷発行

著 者 レスコフ
訳 者 中村喜和 岩浅武久

発行人 島田進矢
発行所 株式会社 群 像 社
神奈川県横浜市南区中里1-9-31 〒232-0063
電話／FAX 045-270-5889 郵便振替 00150-4-547777
ホームページ http://gunzosha.com Eメール info@gunzosha.com
印刷・製本 モリモト印刷

カバーデザイン 寺尾眞紀

Лесков, Николай Семёнович
ТУПЕЙНЫЙ ХУДОЖНИК
Leskov, Nikolai Semenovich
TUPEINYI KHUDOZHNIK

ISBN978-4-910100-05-0

群像社の本

ロシア名作ライブラリー

チェーホフ　三人姉妹　四幕のドラマ

安達紀子訳　世の中の波から取り残された田舎の暮らしのなかで首都モスクワへ返り咲く日を夢見つつ、日に日にバラ色の幸せからは遠ざかっていく姉妹。絶望の一歩手前で永遠に立ち尽くす家族のドラマが現代人の心にいまも深く響く名戯曲の新訳。

ISBN4-905821-25-8　1000円

チェーホフ　さくらんぼ畑　四幕の喜劇

堀江新二訳　世の中の流れが変わり、長い間、生活と心のよりどころとなっていた領地のさくらんぼ畑が売却されることに…。百年先の人間の運命に希望をもちながら目の前にいる頼りなげな人たちの日々のふるまいを描き出したチェーホフの代表作「桜の園」を題名も新たに現代の読者に届ける。

ISBN978-4-903619-28-6　900円

チェーホフ　結婚、結婚、結婚！　熊／結婚申込／結婚披露宴

牧原純・福田善之共訳　四十過ぎまで「結婚しない男」だったチェーホフが二十代の終わりに書いた結婚をめぐる３つの戯曲。思い込みあり、すれちがいありの結婚は喜劇の宝庫。「結婚申込」は日本を代表する劇作家・演出家と共に強烈な方言訳に。斬新な翻訳でチェーホフの面白さを倍増させた新編。

ISBN4-903619-01-X　800円

プーシキン　青銅の騎士　小さな悲劇集

郡伸哉訳　洪水に愛する人を奪われて狂った男は都市の創造者として君臨する騎士像との対決に向かった…。ペテルブルグが生んだ数々の物語の原点となった詩劇と、モーツァルト毒殺説やドン・フアン伝説などのおなじみの逸話をプーシキン流に見事に凝縮させた「小さな悲劇」四作を新訳。

ISBN4-905821-23-1　1000円

価格は税別

群像社の本

ロシア名作ライブラリー

トルストイ　カフカースのとりこ

青木明子訳　文豪トルストイは自分で猟や農作業をしながら、動植物の不思議な力に驚き、小さな世界でさまざまな発見をしていた。その体験をもとに子供向けに書いた自然の驚異をめぐる短編の数々と、長年の戦地カフカース（コーカサス）での従軍体験をもとに書かれた中編を新訳。

ISBN978-4-903619-14-9　1000円

ソモフの妖怪物語

田辺佐保子訳　ロシア文化の故郷ウクライナでは広大な森の奥にレーシイが隠れ、川や湖の水底にルサールカが潜み、禿げ山では魔女たちが集まって夜の宴を開いていると信じられていた。そんな妖怪たちの姿を初めて本格的に文学に取り込んだウクライナの作家ソモフによるロシア妖怪物語の原点。

ISBN978-4-903619-25-5　1000円

ポゴレーリスキイ　分　身　あるいはわが小ロシアの夕べ

栗原成郎訳　孤独に暮らす男の前に自分の《分身》が現れ、深夜の対話が始まった。男が書いた小説は分身に批評され、分身は人間の知能を分析し、猿に育てられた友人の話を物語る…。ドイツ・ロマン派の世界をロシアに移植し19世紀ロシア文学の新しい世界を切りひらいた作家の代表作。

ISBN978-4-903619-38-5　1000円

パヴロワ　ふたつの生

田辺佐保子訳　理想の男性を追い求める若い貴族の令嬢たちと娘の将来の安定を保証する結婚を願って画策する母親たち。19世紀の女性詩人が平凡な恋物語の枠を越えて描いた〈愛と結婚〉。ロシア文学のもうひとつの原点。

ISBN978-4-903619-47-7　1000円

価格は税別